Viktoras Pivonas

Die tätowierten Augen

Märchen

© 2019 Viktoras Pivonas
Verlag & Druck: tredition GmbH, Hamburg
Illustration: Falk Nordmann
ISBN Hardcover 978-3-7482-5714-1
ISBN Paperback 978-3-7482-6429-3

Das Werk, einschließlich seiner Teile, ist urheberrechtlich geschützt. Jede Verwertung ist ohne Zustimmung des Verlages und des Autors unzulässig. Dies gilt insbesondere für die elektronische oder sonstige Vervielfältigung, Übersetzung, Verbreitung und öffentliche Zugänglichmachung.

Die tätowierten Augen

Für Gipsy

INHALTSVERZEICHNIS

Es gab einmal, gegen Ende des Krieges, eine kleine Insel des Friedens. Unbemerkt von den kämpfenden Soldaten und von den hin und her strömenden Armeen, und nicht erreichbar für die vom Himmel fallenden Bomben, lag unter den Ruinen einer halbzerstörten Stadt ein altes Kellergewölbe.

In dieses Gewölbe hatte sich ein Dutzend Menschen geflüchtet, die sich nun daran machten, ihre nähere Umgebung und sich gegenseitig kennen zu lernen. Hätte nicht jemand eine Petroleumlampe mitgebracht, es wäre stockfinster gewesen, denn selbst wenn die Tür des Kellers offen gestanden hätte, wäre kein Tageslicht in diese Tiefe gedrungen. Aber auch das Licht der blakenden Lampe reichte nicht aus, den Raum zu erhellen. Selbst wenn die Flüchtlinge nicht so dicht gestanden hätten, wäre es nicht stark genug gewesen, bis zu den Wänden vorzudringen. Und nur wenn sich jemand bewegte, sah man hinter seinem Schatten etwas, was noch dunkler war und was der Anfang eines Ganges oder auch eine Nische hätte sein können.

Doch zunächst standen alle im Kreis und schwiegen und schienen sogar leiser zu atmen. Einen Moment lang war es totenstill. Dann wurde die Stille von einem Geräusch unterbrochen, das sich wie ein fallender Wassertropfen anhörte. Nach einer Pause wiederholte sich das Geräusch. Einer, der einen langen Mantel trug, beugte sich zu der Laterne. Jetzt erkannte man die Hand und das Gesicht eines alten Mannes. Als er die Lampe aufhob, machten ihm die anderen Platz. Langsam bewegte er sich in Richtung des Geräusches. Während die Flüchtlinge im Dunkeln blieben, wanderte das Licht über die steinernen Fliesen. Schließlich erschienen im Schein der Lampe ein Eimer und danach ein Wasserhahn, dessen Rohr zwischen den Quadern der Kellerwand verschwand.

Wasser, sagte der Mann und drehte am Hahn. Ein kräftiger Strahl sprudelte in den Eimer. Sofort wurde der Hahn wieder geschlossen.

Wasser, wiederholte er und kehrte zu den anderen zurück. Weil auch jetzt niemand das Wort ergriff, begann der Alte erneut zu sprechen:

Das muss ein vergessener Weinkeller sein; als ich herein kam, stützte ich mich auf einige Kisten, in denen Flaschen lagen.

Diesmal ließ er die Lampe stehen. Womöglich noch langsamer als beim ersten Mal bewegte er sich zur Treppe, die aufwärts zum Ausgang führte.

Die Augen, murmelte er, müssen sich erst umgewöhnen. Ja, ja, viele Kisten. Die meisten sind leer.

Es war nicht zu sehen, was er machte, aber nach einer Weile erschien er wieder im Kreis der anderen. Er hatte zwei Weinkisten mitgebracht. Eine davon stellte er hinter sich. Die zweite versuchte er zu zerbrechen. Dazu musste man nicht stark sein, denn die Latten ließen sich leicht auseinanderreißen.

Bitte, sagte eine Frau, wenn uns jemand hört!

Einen Moment hielt der Alte inne.

Wenn wir nichts von draußen hören, antwortete er dann und wies zur Decke des Gewölbes, das im Dunkeln verschwand, wie sollte dann jemand uns hier unten hören?

Aber vielleicht ein Spion, widersprach die Frau.

Jeder von uns, antwortete der Alte, kann für den anderen ein Spion sein. Das Petroleum, fuhr er dann fort, ohne seine Tätigkeit zu unterbrechen, wird nur für einige Stunden reichen. Ein Feuerchen kann nicht schaden. Etwas mehr Licht und Wärme.

Er stapelte die zerbrochenen Latten zu einer kleinen Pyramide, entzündete am Zylinder der Lampe einen Holzspan und damit das aufgeschichtete Holz.

Aber der Rauch, sagte die Frau.

Beruhigen Sie sich bitte, antwortete der Alte. Irgendwohin ist der Qualm der Petroleumlampe auch gezogen. Und wenn der Rauch im Tageslicht austritt, und er wies wieder zur Decke, da draußen gibt es noch mehr Rauch.

Dann setzte er sich auf die zweite Kiste. Während das Feuer aufflackerte, zog er seinen Mantel um die Schultern; dabei wurde ein aufgenähter gelber Stern sichtbar. Einen Moment lang schienen alle auf den Stern zu starren. Schließlich wurden weitere Kisten geholt, bis alle um das Feuer saßen.

Ich denke, sagte der Alte, wir können jetzt die Lampe löschen.

Die junge Frau, deren dunkelhäutiges Gesicht von schwarzen Locken umrahmt wurde, beugte sich über den Zylinder und blies die Flamme aus. Jemand zerbrach weiteres Holz und trug es in die Mitte des Gewölbes.

Ein Weilchen dürfte das reichen, meinte der Alte und dann: Jetzt können wir auch einander in Ruhe betrachten. Vielleicht, doch das müsste jeder selbst entscheiden, vielleicht sollten wir uns vorstellen. Er blickte in die Runde: Ich heiße Abel.
Die anderen schwiegen.

Nun ja, sagte der alte Abel, nun ja, irgendwie könne er es verstehen, wenn jemand seinen Namen nicht nennen wolle. Es sei ja auch nicht so wichtig. Dabei blickte er einem nach dem anderen ins Gesicht. Neben der dunkelhäutigen Frau stand ein kleiner Junge, der kurz davor war, etwas sagen zu wollen. Aber die Frau legte ihm die Hand auf die Schulter und der Kleine schien hinunterzuschlucken, was ihm eben noch auf der Zunge gelegen hatte.

Als das Feuer immer heller loderte, sah man, dass einer der jüngeren Männer einen Arm in der Schlinge trug. Auf dem Verband zeichnete sich ein dunkler Fleck ab. Der Verwundete trug einen zerschlissenen Militärmantel mit einem Balkenkreuz. Neben ihm stand ein wohl Gleichaltriger mit kantigen Gesichtszügen. Er trug einen Anzug, der ehemals eine Uniform gewesen sein mochte und am Kragen einen ausgeblichenen roten Stern gerade noch ahnen ließ.

Das Feuer brennt viel zu hell, sagte der Verwundete.

Abel bückte sich und zog zwei Bretter aus der Glut. Er legte sie neben die Pyramide und trat die Flammen der Scheite aus. Danach setzte er sich wieder.

Ob man uns wohl etwas Wein gelassen hat? fragte jemand. Statt einer Antwort lachte ein anderer auf und brach gleich darauf sein Lachen ab, als hätte es ihn selbst erschreckt.

Vielleicht, antwortete schließlich Abel, aber bei der Dunkelheit wird es nicht ganz leicht sein, etwas zu finden. Nun, fuhr er fort und blickte den Verwundeten an, es hat ja auch keine Eile, mit dem Wein. Wenn jemand durstig ist, kann er Wasser trinken – und, wie die Dinge liegen, haben wir zum Feiern keinen Grund.

Zum Feiern nicht, sagte der, der eben noch gelacht hatte, aber zum Vergessen.

Alle blickten in seine Richtung; da er aber im Hintergrund saß, war von seinem Gesicht nichts zu erkennen. Außerdem trug er, wie fast alle Anwesenden, einen unförmigen Mantel, unter dem sich noch mehr Kleider ebenso verbergen konnten wie Gepäckstücke oder gar Waffen.

Vergessen… Ich weiß nicht, nahm der alte Abel den Faden auf, als sei die Lage der Flüchtlinge ganz natürlich und als ginge es nur darum, ein Gespräch zu führen:

Mir geht es ganz anders. Mir drängen sich die Erinnerungen auf, so als sei dieser Platz besonders fürs Erzählen geeignet.

Sie haben Nerven, sagte der Verwundete und es klang fast ein wenig vorwurfsvoll.

Nein, nein, erwiderte Abel, ich bin nur alt. Und wenn man alt ist, besteht man fast zwangsläufig aus Geschichten. Würde ich auch noch einen Schluck Wein trinken, könnte ich damit gar nicht aufhören.

Erzähl mal, sagte der Junge.

Vielleicht, antwortete Abel, wenn es niemanden stört, und dabei blickte er in die Runde und versuchte, einen Blick von jedem der um das Feuer Sitzenden aufzufangen, vielleicht erzähle ich Dir eine Geschichte.

Als keiner antwortete – nur die junge Frau schien zu nicken – kroch der Junge auf allen Vieren neben den Platz des Alten, nahm die beiden Scheite und legte sie erneut ins Feuer. Dabei blickte er den Verwundeten an. Der schwieg. Der Junge starrte in die Flammen. Mit leiser Stimme begann Abel zu erzählen.

Dabei blickte auch er ins Feuer, so, als würden die springenden Funken ihn an etwas erinnern. Kaum, dass er einige Sätze gesprochen hatte, bat eine Stimme von der anderen Seite der Runde: Lauter, etwas lauter, bitte. Abel nickte und begann noch einmal von vorn.

Die tätowierten Augen

Ich kannte einen Mann, der war schon so lange umhergewandert, dass er fast alles Böse gesehen hatte, was es auf der Welt zu sehen gab. Schließlich wurde es seinen Augen zu viel und er drohte zu erblinden. War er früher von Land zu Land gezogen, um die Erde kennen zu lernen, so war er nun ständig auf der Flucht; denn immer wenn er etwas Böses sah oder sehen musste, kostete es ihn einen Teil seines Augenlichts. Sein Dasein wurde immer hoffnungsloser, denn wohin er auch kam, nirgends gab es nur Gutes. Schließlich kaufte er sich eine schwarze Brille. Nun wurde es womöglich noch schlimmer, denn natürlich lachten die Leute über ihn, weil er, der doch sehen konnte, überall schwarz sah und selbst bei hellem Tag in eine Lage geraten konnte, in die er offenen Auges nie gelaufen wäre. Manche Menschen wollten ihm sogar helfen. Doch sobald sie merkten, dass er eigentlich sehen konnte, beschimpften sie ihn, weil sie glaubten, er wolle sie hintergehen. Ja, das eine oder andere Mal wurde er deswegen sogar verprügelt, so dass er es schließlich aufgab, sich mit einer Brille zu schützen. Nun blickte er wieder den Tatsachen ins Auge und immer, wenn es ein hässlicher Anblick war, dem er nicht ausweichen konnte, sah er wieder ein bisschen schlechter.

Der Mann hatte längst erkannt, dass es so nicht weiterging. Schließlich entschloss er sich, einen Arzt aufzusuchen. Er fand auch den einen oder anderen Doktor, der ihm das sagte, was er selbst wusste, dass er langsam erblinde. Über die Ursachen freilich gingen die Meinungen der Gelehrten weit auseinander und wen er auch aufsuchte, jeder vertrat eine andere Ansicht über den Grund des Leidens. Manche machten es sich ganz leicht: Die sagten, das käme vom Alter. Andere verschrieben ihm Tropfen und Salben, so dass er mit tränenden und halb verklebten Augen umherlief. Ein Doktor glaubte sogar, das Böse in ihm selbst zu erkennen und verlangte: Wenn Dich Dein Auge ärgert, dann reiß es heraus!

So wanderte der Mann weiter und geriet im Laufe der Zeit auf die andere Seite der Erde. Auch dort glaubten die Leute, sie lebten in der Mitte der Welt, und die Ärzte hatten eine noch sonderbarere Medizin erfunden. Manche meinten schon deshalb heilen zu können, weil sie barfuß liefen und andere bohrten, um seinen Augen zu helfen, feine Nadeln in seine Ohren, in die Finger und Zehen, auch in Bauch und Rücken. Die Nadeln spürte er wohl, aber nichts wollte helfen. Da der Mann inzwischen aber viele Fachleute befragt und Doktoren besucht hatte, erhielt er auch Ratschläge, wohin er sich wenden sollte und im Verlauf weiterer Jahre stellte er fest, dass er die Erde umrundet hatte und an seinen Ausgangspunkt zurückgekehrt war – verzweifelt und unglücklicher denn je. Als er hier von einem hörte, der dadurch die Leute heilen wollte, dass er eine Weile stumm am Kopfende des Krankenbettes zu sitzen versprach, beschloss er, gar nicht erst hinzugehen.

Eines Tages kam er in eine Hafenstadt. Nachdem er in einer Gastwirtschaft einen getrockneten Fisch gekauft hatte, saß er an der Mole und verzehrte sein karges Mal. Schließlich warf er die Gräten ins Wasser. Wie es so ging, sah er bald darauf die Gräten wieder, weil sie einem Angler, der geduldig neben ihm saß, an den Haken geraten waren.

Doch anstatt zu schimpfen, holte sein Nachbar die Angel ein, löste die Gräten vom Haken und warf sie zurück ins Hafenbecken. Danach nahm er einen frischen Köder und legte die Angel aus.

Du bist mir nicht böse? fragte der Mann den Angler.

Der schüttelte den Kopf: weshalb sollte ich?

Merkwürdig, dachte der Wanderer, und fühlte sich, ohne dass er gleich sagen konnte weshalb, ein bisschen wohler. Nicht, dass er nicht im Lauf seines Lebens auch anderswo freundliche Menschen getroffen hätte – doch diesmal kam ihm, ohne dass der Angler sich weiter erklärte, seine geduldige Art so eigentümlich vor, dass er ihn genauer betrachtete.

Seine Aufmerksamkeit wurde belohnt. Als der Angler ein weiteres Mal seine Schnur hinaus warf, rutschte der Ärmel des Hemdes zurück und ein prächtig tätowierter Fisch wurde sichtbar. Doch war es nicht eine einfache Zeichnung, wie sie manche Seeleute trugen, sondern ein Kunstwerk für sich. Sah man nämlich genauer hin, dann wurde erkennbar, dass der tätowierte Fisch genauestens den Muskeln des Armes angepasst war. Bei jeder Bewegung schien es, als bewege sich der Fisch, als lasse er Flossen und Schwanz spielen oder als schnappe er nach einem Köder.

Ein schöner Fisch, sagte der Angler, als er die Blicke des Mannes bemerkte.

Wirklich, ein schöner Fisch, konnte der nur zustimmen.

Jeder Fischer besitzt so ein Prachtstück, fuhr der Angler fort.

Tatsächlich? fragte der Mann und ließ keinen Zweifel daran, wie erstaunt er war.

Jeder, sagte der Angler stolz.

Und das hilft beim Angeln? fragte der Mann ungläubig.

Unbedingt, antwortete der Angler, sieh her, der Eimer: halb voll mit Fischen – und ich sitze erst seit dem Morgengrauen hier.

Immer nur Fische? fragte der Mann hartnäckig weiter.

Natürlich nicht, manchmal ist schon ein Schuh dabei oder ein Stück Treibholz. Aber was macht's? Die sehe ich nicht. Ich fange nur Fische. Schließlich geht es allen so.

Allen? murmelte der Wanderer.

Allen, wiederholte der Fischer. Oh ja, allen. Den großen Fressern tätowiert man Kartoffeln und

Würste auf den Bauch und den Frauen, die Kinder lieben, Babys an die Brust und…

… und, unterbrach ihn der Mann, den Trinkern macht man rote Nasen?

Nicht nur, antwortete der Angler, sie bekommen ein Bierfass auf den Bauch.

Unglaublich, erwiderte der Mann: aber wenn einer nun die Frauen liebt?

Dann, antwortete der Angler, wird er mit einer Schönheit versehen, lebensgroß. Aber auch wenn ein Weib hinter den Männern her ist, hat es nichts zu klagen. Ihm wird ein Traummann aufgetragen.

Das hilft wirklich? fragte der Mann ein weiteres Mal.

Was soll ich sagen, antwortete der Angler und zog einen zappelnden Fisch aus dem Wasser.

Da wurde der Wanderer sehr nachdenklich und schwieg so lange, bis sich der Angler ihm zuwandte:

Warum sagst du nichts, Mann? Du weinst ja. Bist du krank?

Vielleicht, antwortete der, vielleicht bin ich krank. Jedenfalls bin ich schon halb blind und keiner kann mir helfen.

Dann begann er zu erzählen, dass er schon ein halbes Leben lang unterwegs sei, immer auf der Flucht vor dem Bösen. Nein, schloss er seinen Bericht, mir kann keiner helfen.

Der Angler lächelte, zog einen weiteren Fisch an Land und meinte, damit hätte er nun wirklich genug, um heute nicht nur seine Frau und seine Freunde zu ernähren, für einen Fremdling sei auch was da.

Komm, sagte der Angler, sei mein Gast.

Sie erhoben sich und zu seiner Verwunderung führte der Angler ihn in jene Wirtschaft, in der der Reisende den getrockneten Fisch gekauft hatte. Kaum dass sie das Haus betreten hatten, kam schon der Wirt, nahm dem Angler die Fische ab und versprach, sie gleich zuzubereiten.

Während sie sich an den Tisch setzten, kam ein weiterer Gast, dessen Arme über und über mit Trauben bedeckt schienen, so dass man größte Lust bekommen hätte, eine davon zu pflücken, hätte man nicht gewusst, dass auch sie von einem Meister seines Fachs stammten.

Ich brauche dir unseren Winzer wohl nicht mehr vorzustellen, sagte der Angler und bat den Neuen, ebenfalls Platz zu nehmen. Nachdem der sich gesetzt hatte, erzählte er, dass er gerade einige Fässer Wein eingeliefert hätte. Was die beiden denn von einem kräftigen Schluck hielten?

Der Wirt brachte Gläser, und nachdem Frau und Kinder des Anglers gekommen waren, saßen alle einschließlich des Wirtes mit seiner Familie bei Fisch und Wein.

Köstlich, sagte der Angler.

Wie immer, ergänzte der Winzer, und alle nickten.

Und jetzt zu Dir, begann der Angler und wandte sich an den Reisenden, sobald er bemerkte, dass der sich zurücklehnte und Anstalten machte, sich zu bedanken: Ich werde meinen Freunden Deine Geschichte erzählen.

Das tat der Angler und obwohl er sie viel kürzer und einfacher erzählte, als es sein Gast getan hätte, schwiegen seine Zuhörer betroffen, bis der Wirt schließlich meinte, dass es so einen Fall hierzulande noch nie gegeben habe.

Nein, wiederholte der Wirt, so etwas habe er noch nie gehört.

Aber, sagte der Winzer, irgendwann ist uns allen geholfen worden.

Der Angler nickte zustimmend:

Eben, warum sollte man ihm nicht helfen können? Sicher, die Sache liegt schwieriger als bei einem Fischer oder Schuster oder bei einem Jäger – aber bisher wurde allen geholfen.

Noch ein Glas, meinte der Winzer, und dann sollte unser Freund erst einmal ausschlafen; morgen, wenn sich nur das Wetter hielte, würde man weiter sehen.

Der Wirt stimmte zu. Ein Zimmer sei gerade frei geworden, das könne der Fremde haben.

Am nächsten Morgen wurde der Mann von einem Mädchen geweckt, das ihm Milch und Brot ans Bett stellte und die Fenster öffnete, weil es doch so ein schöner Tag zu werden versprach. Erst, als das Mädchen sein Zimmer verlassen hatte, fiel dem Mann ein, wie wunderschön es gekleidet war und noch einen Augenblick später fragte er sich, ob es wirklich Kleider gewesen waren, die er gesehen hatte.

Kaum war er aufgestanden, klopfte der Winzer an seine Tür. Er müsse zurück zu seinen Weinbergen, sagte er, könne ihn aber ein Stück mitnehmen. Er hätte schon alles mit dem Wirt und dem Angler besprochen. Man solle sich nur schnell verabschieden und dann wollten sie aufbrechen.

Der Mann lief zur Mole, wo der Angler schon wartete, und nachdem der ihm Glück gewünscht hatte, kletterte er auf den Sitz neben dem Winzer, der seinen leeren Wagen hinaus in die Felder lenkte.

Angelegentlich schaute der Winzer zum Himmel und nickte zufrieden, weil er kein Wölkchen entdeckte. Langsam wurde es wärmer, und als nach einigen Stunden Fahrt die Sonne hoch am Himmel stand, begann der Winzer zu sprechen:

Wir sind gleich da. Iss erst einmal eine Traube. Etwas Stärkung wirst Du schon brauchen. Ich werde Deinen Fall schildern und danach weiterfahren. In einigen Tagen, wenn ich die nächste Fuhre zur Küste bringe, hole ich Dich wieder ab.

Nach einer weiteren Biegung des Weges lag vor ihnen ein kleines Anwesen.

Da ist es schon, sagte der Winzer. Dann wies er auf die Früchte, die seine Arme bedeckten:

Die wurden hier gezogen.

Nachdem er in den Hof eingebogen war, hieß er den Mann warten. Es würde bestimmt nicht lange dauern. Schließlich kam er in Begleitung einer Frau zurück. Sie verabschiedete den Winzer mit einer Handbewegung, ehe sie sich dem Reisenden zuwandte. Dem fielen ihr schmaler Kopf, voller grauer Locken, vor allem aber eine sonderbare Brille auf, deren kleine, viereckige Gläser ganz dicht bei der Nasenwurzel standen. Eine solche Brille hatte der Mann nur beim Uhrmacher gesehen, wenn es darum ging, die winzigsten Räderwerke zu bearbeiten.

Dein Freund, der Winzer, sagte die Frau statt einer Begrüßung, hat mir Deine Geschichte erzählt. Doch ich muss Dir erst in die Augen sehen. Eins kann ich Dir freilich jetzt schon sagen: rückgängig machen kann ich nichts. Komm mit!

Sie führte ihn in einen Raum, in dem große und kleine Bilder hingen. Ohne Schwierigkeiten erkannte der Mann auf ihnen den prächtigen Fisch des Anglers, die Trauben, die jetzt die Arme des Winzers schmückten, sowie einige schöne Kleider.

Die meisten Wünsche, sagte die Frau, sind leicht zu erfüllen. Es sind ja auch handfeste Dinge, wie Du siehst. Aber bist Du ganz sicher, dass Du weißt, was Du willst?

Der Mann konnte nur nicken.

Nun gut, sagte sie im nächsten Zimmer. Setz Dich mal auf den Stuhl. Ja, auf den vor dem Fenster. Ich sagte ja, ich muss erst Deine Augen prüfen. Und dann beugte sie sich über ihn und durch ihre Brille und eine große Lupe senkte sie ihren Blick in seinen.

Und jetzt schau mal nach oben, und jetzt nach unten, befahl sie, und jetzt ein bisschen nach links und jetzt nach rechts.

So ging das eine Weile, wobei sie sich räusperte und manchmal ´hm, hm´ machte und manchmal gar nichts. Schließlich setzte sie die Lupe wieder ab und meinte, so einen Fall hätte sie tatsächlich noch nicht gehabt.

Komm, sagte sie, ich werde Dir etwas zeigen.

Dabei nahm sie seine Hand, so dass er aufstehen musste und ihr wie ein Kind folgen.

Leise, sagte sie, wir dürfen jetzt nicht stören.

Der Mann ließ alles mit sich geschehen. So dicht am Ziel seiner Wünsche, wollte er keinen Fehler machen. Schweigend folgte er ihr in den Garten. Zwischen Blumen und Gemüsebeeten stand auf einem Gestell eine kürbisgroße, gläserne Kugel, in der sich das Sonnenlicht sammelte. Dort, wo das Licht gebündelt und gleißend aus der Kugel austrat, lenkte es ein Junge mit einem Spiegel in eine Röhre, die wie ein Fernrohr aussah. Beweglich, am Ende des Rohres, war eine bleistiftdünne weitere Röhre befestigt, die ein bärtiger Mann in der Hand hielt und aus deren Spitze nadelfeine Blitze sprühten. Punkt für Punkt brannte der Bärtige mit dem Instrument einem Mädchen einen Ring um den Finger. Blitz auf Blitz bohrte sich in die Haut und hinterließ eine farbenprächtige Spur, die schließlich ihren Finger umschloss.

So einfach ist das, sagte der Mann, und ließ die Hand seiner Führerin los.

Ja, antwortete sie, so einfach – wenn man es kann. Aber komm zur Seite. Du darfst meinen Helfer nicht stören. Die Kleine wollte mehrere Ringe. Etwas musst Du noch warten. Leg Dich inzwischen ins Gras. Ich pflücke noch einige Kirschen, Tollkirschen, fügte sie hinzu.

Kaum hatte sie ihn verlassen, war sie schon wieder da.

Es wird schmerzen, sagte sie, das Licht wird Dich blenden und zunächst wirst Du gar nichts erkennen. Aber Böses wird Deinen Augen nicht mehr schaden. Das kann ich versprechen.

Genau das wünsche ich mir doch, sagte der Mann.

Ja, ja, das wünschst Du Dir, antwortete sie geduldig, das heißt aber noch lange nicht, dass das Böse aus der Welt verschwindet.

Hauptsache, sagte der Mann, ich werde nicht blind.

Wenn Du unbedingt willst, sagte sie, komm, die beiden sind jetzt fertig. Als erstes träufele ich Dir Tollkirschensaft in die Augen, damit sie sich weiter öffnen. Aber ich warne Dich. Es wird wehtun und es wird eine Zeitlang dauern.

Danach führte sie ihn zu der gläsernen Kugel. Der Mann musste sich ins Gras legen; sie kniete an seiner Seite nieder und nahm das Röhrchen zur Hand, aus dem die Blitze schossen.

Schau, sagte die Frau und griff sich ein welkes Blatt. Ein greller Strahl durchbohrte das Blatt.

Schau, wiederholte sie und hielt das Blatt vor sein Gesicht, damit er das Löchlein sah.

Los! sagte er.

Da holte sie wieder ihre Lupe hervor, beugte sich über sein Gesicht und ließ den ersten Blitz in sein Auge fahren. Dann kamen die Blitze Schlag auf Schlag und ihm war, als müsse er direkt in ein Feuer schauen. Nach einer Weile hätte er am liebsten die Augen geschlossen und den Kopf zur Seite gedreht. Aber sein Wunsch war stärker und obwohl ihn die Lichtblitze zunehmend schmerzten und die Augen zu tränen begannen, hielt er still. Als er meinte, es nicht mehr ertragen zu können, sagte die Frau:

Das war das eine, jetzt das andere Auge.

Der Mann nickte. Obwohl er wusste, was ihn erwartete, schien jetzt alles nur noch schlimmer. Ihm war, als läge er unter einer Nähmaschine und als würde eine Nadel immer schneller und heftiger in sein Auge fahren.

Als die Frau schließlich aufstand, sagte er:

Jetzt bin ich wirklich blind.

Geblendet, antwortete die Frau. Kein Wunder, bei diesem Licht. Bleib liegen und erhole Dich ein bisschen. Vielleicht hörst Du das Gras wachsen.

Sie lachte leicht und er hörte, wie sich Ihre Schritte entfernten. Dann war es still. Das Gras raschelte an seinem Ohr; in der Ferne vernahm er den Gesang einer Lerche. Als die Frau nicht wieder kam, blinzelte er vorsichtig unter den Lidern hervor. Das war gut so, denn das Licht blendete ihn so stark, dass gleich wieder Tränen flossen.

Immerhin, sagte er sich, ganz blind bin ich nicht.

Der zweite Versuch verlief schon besser und nach dem dritten stand er auf und ging ins Haus. Da saßen die Frau mit ihrem bärtigen Helfer und der junge Mann, der den Spiegel gehalten hatte, um einen Tisch.

Setz Dich, lud die Frau ihn ein, hier sind Brot und Wein. Danach kannst Du schlafen.

Und der Bärtige sah ihm direkt in die Augen und wandte sich dann an die Frau: Gute Arbeit.

Ich weiß, erwiderte sie, es ist gute Arbeit.

Als der Winzer einige Tage später vorbeikam, um den Mann abzuholen, war er nicht wenig erstaunt, ihn bei der Gartenarbeit zu treffen.

Ich hole nur mein Bündel, sagte der Reisende. Verabschiedet habe ich mich schon.

Als sie dann auf der Fahrt nebeneinander saßen, meinte der Winzer:

Ich sehe keinen Unterschied.

Ich auch nicht, antwortete der Mann. Jedenfalls nicht im Spiegel. Als ich danach fragte, erklärte die Frau: mir werde es gehen wie dem Angler, der sehe auch nur die Fische. Und nach einer Pause hat sie hinzugefügt: ich würde jetzt gute Freunde brauchen.

Fein, sagte der Winzer, neben Dir sitzt schon einer. Dann lenkte er die Fuhre um ein Schlagloch.

•

Kaum schwieg der alte Abel, sagte der Junge, der noch immer zu seinen Füßen saß und nur von Zeit zu Zeit das Feuer geschürt und nachgelegt hatte:

Das war ein schönes Märchen.

Moment, Moment, meldete sich jemand zu Wort, Abels Geschichte ist noch nicht zu Ende.

Doch, sagte der Junge und zu Abel: die Geschichte ist doch zu Ende?

Nein, nein widersprach die Stimme aus dem Hintergrund: das geht noch weiter. Die Frau hat etwas mit seinen Augen gemacht, das muss doch eine Wirkung haben. Ich möchte auch wissen, was sie ihm hineingezeichnet hat…

Wird man das je erfahren? fragte die junge Frau eher sich selbst.

Aber das muss weitergehen, beharrte die Stimme, die sich bisher so hartnäckig geäußert hatte: der Mann kann doch wieder sein Leben in die Hand nehmen, ohne Angst, zu erblinden. Das geht bestimmt weiter…

Ja, ja, stimmte Abel zu, das geht weiter. Ich bin nur ein bisschen müde geworden. Ich hätte nicht gedacht, dass mich eine so kurze Erzählung dermaßen ermüden könnte. Nun ja, die letzten Tage.

Sicher nicht nur die letzten Tage, sagte plötzlich der Verwundete, es waren Jahre, schlimme Jahre.

Und es ist noch nicht vorbei, meinte die junge Frau.

Mir, sagte der andere Uniformierte, der mit dem roten Stern, und wiederholte dann: Frieden!

Dabei sprach er so laut und heftig, dass alle erschraken. Vielleicht auch, weil seine Stimme rau und fremd klang und gleichzeitig so schmerzlich, als müsste er sich zwingen, in dieser Sprache zu sprechen.

Plötzlich schien es taghell zu werden. Eine nackte Glühbirne, die an einem Kabel von der Decke hing, war unvermittelt aufgeflammt. Abel schien der Einzige zu sein, der nicht geblendet zu Boden blickte.

Jetzt haben wir auch Licht, Licht und Wasser meinte er. Etwas scheint ja immer noch zu funktionieren.

Wie lange? fragte die junge Frau.

Wir werden sehen, antwortete Abel, falls wir es überhaupt wollen. Wo Licht ist, ist auch ein Schalter.

Da ist auch ein Schrank, sagte der Junge. Alle blickten sich um.

Tatsächlich, sagte die Dunkelhäutige, und was ist das?

Sie wies auf einen großen Kasten, der in einer Nische stand.

Ein Radio, antwortete Abel.

Ziemlich groß, sagte der Verwundete. Fast so groß wie der Schrank.

Ein Schrankradio, sagte der Junge, und ging näher heran.

Lass die Finger davon, wollte der Verwundete rufen, da hatte der Junge schon an einem der Knöpfe gedreht.

Es knackte, dann brummte es leise und dann lauter und schließlich, während das Brummen verschwand, klang Musik auf – so laut, dass das Gewölbe davon erfüllt wurde.

Leiser, befahl die junge Frau.

Du musst den Knopf drehen, mit dem Du es eingeschaltet hast, sagte Abel.

Es wurde tatsächlich leiser. Jetzt konnte man auch ein Tuch erkennen, hinter dem sich der Lautsprecher befinden musste. Und eine gelblich erleuchtete Skala trug auf ihrer gewölbten Fläche eine Reihe von Stationsnamen, die der Junge vorzulesen versuchte.

Lass das, bat der Verwundete.

Das hat wirklich noch Zeit, stimmte die junge Frau zu, wir müssen uns erst umsehen. Was ist denn im Schrank?

Der Junge öffnete die Tür.

Käse, sagte er enttäuscht.

Wirklich Käse? fragte Abel und stand auf. Das wäre eine Gottesgabe, murmelte er. Scheint wirklich Käse zu sein. Alter, harter Käse.

Und Wein? fragte jemand.

Da wäre ein Haufen Kisten beiseite zu räumen, meinte Abel, aber vielleicht lohne der Versuch. Doch während er das sagte, flackerte das Licht einige Male auf und ab, um dann ganz zu verlöschen. Mit einem klagenden Ton starb auch die Musik.

Schade, sagte der Junge und ging zum Feuer. Die anderen standen noch unschlüssig umher, doch dann kehrten auch sie zu ihren Plätzen zurück.

Eigentlich ist es eine gute Sache, sagte der Verwundete, sich die Zeit mit Geschichten zu vertreiben. Ich heiße Toni, nein, eigentlich heiße ich Anton, aber zuhause wurde ich immer Toni genannt. Leider ist meine eigene Geschichte nicht sehr interessant, ich bin auch kein guter Erzähler, aber wenn ich zuhöre, habe ich das Gefühl, mir könnte etwas einfallen, was ich einmal gehört habe. Kurz, ehe das Licht ausging, war mir, als müsste ich nur anfangen zu sprechen... Aber dann wurde es hell und der Einfall war fort.

Aufgeschoben ist ja nicht aufgehoben, meinte Abel und hüllte sich in seinen Mantel.

Nun, fuhr der Verwundete fort, wenn mir im Augenblick auch nichts zur Unterhaltung einfällt, ich habe da etwas... Und er begann mit seinem gesunden Arm unter seinem Mantel zu suchen. Da ist es, meinte er schließlich zufrieden, und holte ein Päckchen hervor. Vielleicht möchte noch jemand rauchen. Mir ist jedenfalls danach. Damit reichte er das Päckchen der jungen Frau, die neben ihm saß; nachdem sie sich bedient hatte, gab sie das Päckchen weiter.

Ganz hinten, im Dunkeln, saß jemand, der bisher geschwiegen hatte, jetzt aber meinte:

Eigentlich rauche ich nie. Aber wenn ich darf, nun wäre mir auch danach.

Nur zu, bitte, sagte Toni.

Früher hieß es immer, dass alte Damen nicht

rauchen sollten, aber irgendwie ist es doch ein besonderer Anlass. Allerdings sind mir früher auch immer lustige Geschichten eingefallen, wenn meine Enkel danach fragten. Wenn Ihr wollt, könnte ich ja ein Märchen erzählen; ich fürchte nur, es wird ein trauriges Märchen...

Nur zu, bitte, wiederholte Toni.

Und Abel fragte:

Wollen Sie nicht ein bisschen näher rücken?

Ein Nachbar schob ihre Kiste zum Feuer hin, so dass man ihr Gesicht sehen konnte, das von weißen Haaren umrahmt war. Nun saß sie Abel genau gegenüber. Der Junge ging mit einem glimmenden Holzspan von Platz zu Platz, um denen, die rauchen wollten, Feuer zu reichen. Dann begann die alte Dame:

Ihr könnt mich Tulla nennen. Ich weiß nicht weshalb, aber meine Freunde nannten mich so. Also hört zu.

Das Märchen vom Frieden

Ein schönes junges Mädchen traf eines Morgens einen jungen Mann, der vielleicht noch schöner war als das Mädchen. Sein Haar flatterte im Wind, seine Augen blickten feurig und träumerisch zugleich. Wenn man sich darauf verstand, aus den Linien des Mundes Geschichten herauszulesen, sah man sofort, dass er trotz seiner Jugend schon von den besten Dingen des Lebens gekostet hatte: von Arbeit, von Brot und Wein und von der Liebe.

Wer bist Du? fragte das Mädchen.

Ich bin der Frieden, antwortete der junge Mann.

Du gefällst mir, sagte das Mädchen, wenn es Dir recht ist, werde ich mit Dir gehen.

Das wäre mir schon recht, sagte der junge Mann, aber wer bist Du, mit den Kränzen im Haar, mit Deinen hübschen Füßen und den duftenden Spuren, die sie hinterlassen?

Das hast Du hübsch gesagt, meinte das Mädchen, aber wie ich heiße, hat nichts zu bedeuten. Wenn ich Dich recht betrachte, bist Du schon vielen wie mir begegnet.

Der junge Mann lächelte.

Gut, sagte er, komm mit!

So zogen sie dahin. Das Mädchen pflückte Blumen, sang seine Lieder, umarmte den jungen Mann, wenn beiden danach war, hob gelegentlich einen Apfel auf, oder fing mit bloßen Händen eine Forelle, die sie dann über einem Feuer brieten. Als sie eines Tages da saßen und wieder einmal einen Fisch verzehrten, stand plötzlich ein Bauer vor ihnen.

Was macht Ihr hier? fragte der.

Das siehst Du doch, antwortete das Mädchen, setzt Dich und iss mit uns. Der Mann lachte.

Du bist gut, sagte er, das ist mein Land, mein Bach und mein Fisch.

Und während der Mann noch sprach, zertrat er das Feuer, riss den beiden die Reste der Mahlzeit aus den Händen und warf sie weg. Zum Schluss brüllte er:

Und nun verschwindet und lasst Euch hier nicht mehr blicken!

Und als der junge Mann nicht schnell genug aufstand, trat der Bauer nach ihm und bedrohte das Mädchen. Die beiden liefen davon.

Schade, sagte der junge Mann, der schöne Fisch; der ganze Tag ist mir verdorben und zu guter Letzt bin ich auch noch weggelaufen. Aber das soll nicht wieder vorkommen. Ich mache mir gleich einen Knüppel.

Damit lief er zum Waldrand und suchte nach einem passenden Ast. Bald hatte er auch einen gefunden, dem die Rinde weggeplatzt war und den einige Sommer und Winter ausgebleicht und gehärtet hatten.

Der liegt mir gut in der Hand, sagte der junge

Mann und schlug mit dem Knüppel durch die Luft.

Aber mein liebster Frieden, sagte das Mädchen, musst Du denn gleich einen Knüppel haben? Wir dürfen einem einzigen Vorfall nicht solche Bedeutung beimessen.

Aber ich will ihn gar nicht gebrauchen, sagte der junge Mann, der Knüppel soll nur neben mir liegen, wenn wir am Feuer sitzen und Kartoffeln backen. Ich will ihn bei mir haben, wenn ich mich nach einer Birne bücke, die über einen Gartenzaun gefallen ist. Man soll sehen, dass ich einen Knüppel habe. Ich bin sicher, das wird genügen.

Das Mädchen erwiderte nichts.

So gingen die Monate ins Land. Es wurde Herbst, die Früchte reiften auf Feldern und Bäumen. Eines Abends saßen die beiden am Ufer eines Flusses. Von den Weinbergen, die an den Hängen angelegt waren, hatten sie einige Trauben gepflückt. Jetzt aßen sie und blickten über das strömende Wasser. Da trat ein Mann, der im Weinberg gearbeitet hatte, zwischen den Reben hervor. Langsam ging er auf die beiden zu, bis er dicht vor ihnen stand. Er machte sich gerade daran, etwas zu sagen, da legte der junge Mann seine Hand auf den Knüppel. Der Weinbauer schwieg und kehrte zu seiner Arbeit zurück. Bald verloren sie ihn aus den Augen.

Siehst du, sagte der junge Mann, ich habe es gleich gesagt.

Darauf antwortete das Mädchen nicht. Erst

nach einer Pause meinte es: Komm, wir machen uns ein Lager. Falls es morgens am Fluss zu kühl wird, können wir ja weiterziehen.

Doch kaum war es dunkel geworden, hörten sie Schritte.

Stehen wir lieber auf, sagte der junge Mann und griff nach seinem Knüppel. Das Mädchen drängte sich an ihn.

Plötzlich standen einige Männer vor ihnen, darunter auch der Weinbauer.

Ich muss mich bewegen können, sagte der junge Mann und trat einen Schritt seitwärts. Doch kaum hatte er den Knüppel erhoben, erhielt er einen solchen Schlag in den Rücken, dass er der Länge nach hinfiel. Drei Männer warfen sich über ihn. Zwei andere verfolgten das Mädchen, das sich keinen anderen Rat wusste, als in den Fluss zu springen und weit hinaus zu schwimmen. Darauf kamen die beiden zurück, um mit den anderen auf den jungen Mann einzuschlagen.

Der Morgen graute schon, als Frieden zu sich kam. Seine Augen waren verquollen und sein Körper über und über von blauen Flecken bedeckt. Er wusch sich im kalten Wasser und fühlte sich danach etwas besser. Sein Knüppel war fort. Aber einer der Männer hatte sein Messer verloren. Das steckte er ein. Er rief nach dem Mädchen, doch er erhielt keine Antwort. So beschloss er, flussabwärts zu wandern. Früher oder später, so hoffte er, würde er es schon finden.

Unterwegs schnitzte er sich mit dem Messer einen neuen Knüppel, dazu einen Bogen und eine Reihe von Pfeilen. Aus seinem Gürtel zog er einige Fäden.

Daraus drehte er eine starke Sehne für den Bogen. Die Pfeile erhielten einen aus Rinde geflochtenen Köcher. So ausgerüstet verbrachte er einige Jahre, in denen er sich als Jäger verdingte, als Feldhüter oder Nachtwächter in kleineren Städten. Wenn ihm ein Platz nicht mehr gefiel, zog er weiter.

An einem Sommertag saß er an einem Dorfbrunnen, trank von dem Wasser und wartete auf irgendjemanden, den er nach einem Gasthof fragen könnte. Als eine junge Frau mit einem Eimer zum Brunnen kam, sprach er sie an:

Ich brauche ein gutes Essen und ein Zimmer für die Nacht.

Mehr nicht? fragte die junge Frau und betrachtete ihn mit einem gewissen Vergnügen. Der Fremde war gut anzusehen. Unter dem langen Haar blickten die Augen kühn hervor. Stirn, Nase und Mund zeugten von Energie und Lebenslust, und eine tiefe Narbe über der Wange von der Freude am Abenteuer.

Wer bist Du? fragte die junge Frau, nahm ihre Schultern zurück und wandte sich zur Seite, damit er sehen konnte, wie gerade sie gewachsen war.

Ich bin der Frieden, antwortete er.

Mit Dir würde ich gerne gehen, sagte sie. Man sieht, wie stark Du bist. Deine Kleider sind gepflegt, deine Waffen glänzen. Ich glaube, auf Dich könnte man sich verlassen.

Das will ich meinen, antwortete er und betrachtete sie mit dem gleichen Vergnügen. Ich habe lange genug allein gelebt. Ich habe auch genug gesehen und gelernt, um sesshaft zu werden. Von Dir würde ich schon Kinder wollen. Aber weshalb weiterziehen? Dieser Ort ist so gut wie jeder andere.

Darauf sah sie ihn einladend an:

Du brauchst also nicht nur ein Essen und eine Kammer, sondern auch eine Frau?

Der Mann nickte und folgte ihr. Schon einige Jahre später hatten sie es zu einem Gehöft gebracht, das außerhalb des Dorfes lag, und zu drei hübschen Kindern. Um seinen Hof zu schützen, hatte der Mann einen Zaun aus angespitzten Pfählen errichtet. Nur durch ein einziges Tor konnte man das Haus, die Scheune und Ställe erreichen.

Es folgten einige ruhige Jahre, in denen ihr Wohlstand zunahm. Sie besaßen nun einen eigenen Brunnen, und der Zaun war von einer Mauer ersetzt worden. Ein Turm, auf dem eine Wache stand, überragte das Tor.

Eines Tages hörte man, dass fremde Heere ins Land einfielen. Das waren schlechte Nachrichten und die Bauern des benachbarten Dorfes zogen mit ihrem Vieh und mit ihren Familien davon.

Ich habe niemandem etwas getan, so habe ich auch nichts zu fürchten. Die Mauern sind stark. Meine Knechte sind bewaffnet und einen eigenen

Brunnen haben wir auch. So lange kann niemand warten, bis wir aufgeben, sagte der Mann und öffnete den Schrank, in dem seine Flinten standen.

Dann kamen die Feinde. Das Dorf wurde von den Soldaten kaum beachtet, aber vor dem Wachturm bauten sie eine Kanone auf. Der Mann war mit zweien seiner Knechte auf den Turm gestiegen, um von dort aus die Verteidigung seines Hofes zu leiten. Schon die erste Kanonenkugel, die in das Dach des Turmes fuhr, schlug einen Sparren los, der den Mann an der Schläfe traf.

Als er einige Stunden später unter einem schwelenden Balken zu sich kam, gab es nichts mehr zu retten. Der Hof mit den Stallungen und der Scheune war niedergebrannt, seine Knechte lagen tot umher. Von seiner Familie fand er keine Spur. Er hoffte, dass seine Frau mit den Kindern hatte fliehen können. Die Soldaten waren weitergezogen. Zwei ihrer Toten hatten sie liegen lassen. Einer trug noch Helm und Brustpanzer.

Als die Bauern im Verlauf der nächsten Wochen in ihr Dorf zurückkehrten, sahen sie einen schwer bewaffneten Mann durch die Trümmer des Gehöfts irren. Weil er Helm und Brustpanzer trug, hielten sie ihn zunächst für einen der Soldaten und fürchteten sich, bis sie in ihm ihren Nachbarn erkannten. Unter den Trümmern seines Hauses hatte er außerdem einen unversehrten Schießprügel gefunden. Und aus dem Fell einer Kuh hatte er sich einen Wassersack genäht, den er aus dem Brunnen füllte. Nachdem er seine toten Knechte begraben hatte, war er eines Nachts verschwunden, ohne Abschied zu nehmen.

Einige Jahre verdingte sich der Mann als Söldner und kämpfte in den verschiedensten Lagern, bis er zu alt für diese Art von Arbeit wurde. Er hinkte. Einige alte Wunden wollten nur schwer oder gar nicht heilen. Während die Werber nach jungen Burschen fahndeten, um sie zur Armee zu pressen, lachten sie nur, wenn der Mann ihnen seine Dienste anbot.

So blieb ihm nichts übrig, als wieder einmal weiter zu ziehen und sich seine Nahrung nachts auf den Feldern zu suchen. Da er inzwischen ein ganzes Waffenarsenal bei sich trug und mit seinen Narben und blutgetränkten Verbänden abschreckend genug wirkte, ließen ihn die Bauern gewähren: es war ja nicht viel, was er brauchte, und ein ganzes Dorf anzugreifen, würde sich der alternde Mann auch nicht mehr zutrauen.

An einem Sommerabend geriet er in die Nähe eines Flusses. Im Wasser vergnügten sich ein junger Mann und ein Mädchen. Beide waren schön anzusehen und taten verliebt, während er sie beobachtete. Als sie zum Ufer geschwommen kamen und sich in die Abendsonne legten, stapfte er auf die Wehrlosen zu. Ohne Warnung zog er sein Schwert und schlug nach dem jungen Mann, der im letzten Moment entkommen konnte. Dann warf sich der Alte über das Mädchen, das starr vor Schreck unter seinem Gewicht von Eisen und Waffen liegen blieb.

Ich habe noch nie so etwas wie Dich gesehen. Deine Haare sind verwildert, Dein Atem furchtbar und Du blutest, sobald Du Dich bewegst. Wer bist du? fragte das Mädchen.

Ich bin der Frieden, antwortete der Mann.

Der Frieden, sagte das Mädchen und stöhnte unter seinem Gewicht, nein, der Frieden kannst Du nicht sein! Niemals bist Du der Frieden!

Da richtete der Alte sich auf, nahm den Helm vom Kopf und setzte sich an das Ufer. Das Mädchen lief davon. Eine Weile blieb es nun still bis auf das Rauschen des Wassers und einige Vögel, die wieder ihr Gezwitscher aufnahmen. Mühsam stieg der Mann aus seiner Rüstung. Während er seine Waffen neben sich legte, murmelte er:

Frieden. Ich bin der Frieden.

Dann setzte er sich wieder hin. Als er Stimmen und Geräusche wie von einer größeren Menschenmenge hörte, rührte er sich nicht. Er sah nicht einmal hin, als sich ihm die Männer näherten, die der junge Mann zur Hilfe geholt hatte. Mit Dreschflegeln und Stöcken erschlugen sie dann den Alten: sie begruben ihn außerhalb ihres Friedhofs.

Schon am nächsten Abend wartete der junge Mann am Fluss auf sein Mädchen. Über der Schulter trug er einen Knüppel.

•

Das habe ich nicht verstanden, sagte der kleine Junge, bist Du das Mädchen gewesen, das in den Fluss gesprungen ist?

Nein, antwortete die weißhaarige Tulla, vielleicht hätte ich es sein können, aber das ist ein sehr, sehr altes Märchen – was nicht heißt, dass es nicht dem einen oder anderen von uns auch widerfahren könnte. Frag doch die junge Frau da, vielleicht ist sie schon einmal ins Wasser gesprungen.

Die Dunkelhäutige lächelte zum ersten Mal, auch wenn es ein etwas verhaltenes Lächeln war.

Wenn es so wäre, erwiderte sie, hätte meine eigene Geschichte ja noch Aussichten auf einen glücklichen Ausgang.

Tante Tulla, rief der Junge, ich möchte ein lustiges Märchen.

Nun, nun, meinte Abel, mit den Märchen ist das so eine Sache, man darf nicht den Mut verlieren, auch wenn die Geschichte alle Anzeichen eines bösen Endes in sich trägt. Manchmal befindet man sich in unmittelbarer Nähe einer Lösung und sieht sie nicht, weil man wie verhext auf das mögliche Unglück starrt.

Ich bin müde, rief der Junge, ich will schlafen. Aber vorher will ich ein lustiges Märchen!

Also wirklich, sagte die alte Tulla, wenn das so einfach wäre. Doch um Dich zur Ruhe zu bringen, will ich mich ein bisschen anstrengen. Aber versprechen kann ich nichts.

Die Raucher warfen ihre Kippen in die Glut. Einer stand auf und zerkleinerte zwei Weinkisten, damit ihnen der Nachschub nicht ausging, und der verwundete Toni ließ ein weiteres Mal sein Päckchen die Runde machen.

Diesmal nahm auch der andere Uniformierte das Angebot an. Nachdem der Junge allen Feuer gegeben hatte, setzte er sich wieder neben Abel auf den Boden.

Wart mal, sagte Abel, steh nochmal auf, so… Und er schob dem Jungen einen Teil seines langen Mantels zurecht: So, darauf kannst Du sitzen. Der Boden dürfte noch zu kalt sein.

Der Junge murmelte etwas, nahm aber die Einladung an.

Also, dann will ich es nochmal versuchen, sagte die alte Tulla.

Die kleine Laus

Es war einmal eine kleine Laus, die hatte – kaum dass sie aus ihrem Ei geschlüpft war – den Glauben an den lieben Gott verloren. Nun ist allgemein bekannt, dass Läuse nicht allzu viel von der Welt wissen und dass sie schon kurz nach der Geburt recht fest gefügte Meinungen haben; das heißt, sie sind über die Maßen eigensinnig.

So stand die kleine Laus, umgeben von den fühlerringenden Angehörigen, auf ihrer Weltkugel und verkündete, dass sie an den Schöpfer nicht glaube.

Du kannst Dich doch nicht einmal selbst ernähren, mit Deinem weichen Rüssel, sagte der Vater.

Und die Mutter, gestützt an ein dickes Haar, meinte mit tränenerstickter Stimme:

Denkt doch an die Nachbarn.

Das war nicht schwer. Man lebte ja nah aufeinander. Die kleine Laus konnte es gar nicht vermeiden, dass die Nachbarn zuhörten, auch wenn manche so taten, als ob sie nichts mitbekämen. Andere dagegen zogen den Rüssel aus dem Boden, so dass sie den Kopf frei hatten, um ihn bedenklich zu schütteln.

Eine entfernte Verwandte, eine ausgedörrte und zänkische Person, die auf ihre Art nicht weniger sonderlich war, weil sie von Zeit zu Zeit sich nur von Schuppen und Flechten ernähren wollte, schimpfte: Du kleine, gemeine Kopflaus, was weißt Du schon von der Welt?

Jedenfalls, antwortete die kleine Laus, dass das nicht alles sein kann: fressen und heiraten, Eier legen und sterben.

Aber, sagte der Vater, wir leben gefährlich. Auch wenn eine Laus lange hungern kann, weiß sie nie, ob sie eines natürlichen Todes stirbt. Ich warne dich! Wir werden gejagt. Niemand gönnt uns ein ruhiges Leben. Manchmal, kaum dass wir unsere sieben Sachen beieinander haben, müssen wir sie wieder auseinandernehmen. Dann heißt es, mit Sack und Pack zu fliehen. Allein in meinem Leben habe ich schon drei oder vier Heimsuchungen erlebt, eine schlimmer als die andere, und ich erinnere mich, dass mein Großvater erzählte, er sei sogar von einer anderen Welt vertrieben worden.

Das wollte die entfernte Verwandte nicht gelten lassen: Das war meine Linie; wir neigten schon immer zu einer feineren Lebensart.

Ja, ja, brummte der Vater, unser Blut und Boden war Euch nie gut genug.

Ich kann das nicht mehr hören, sagte die kleine Laus, ich gehe!

Warte doch wenigstens, flehte die Mutter, bis der Pfarrer kommt.

Das hatte freilich die gegenteilige Wirkung. Anstatt in sich zu gehen, wurde die kleine Laus jetzt erst recht aufsässig und schrie: Diese Filzlaus steckt mit Euch unter einer Decke!

Das kann nicht unser Kind sein, rief der Vater und blickte dabei die entfernte Verwandte an. Die erwiderte:

Von uns kann sie das auch nicht haben.

Wirklich, Kind, bat die Mutter, lass uns das alles in Ruhe besprechen.

Nein, antwortete die kleine Laus. Da gibt es nichts mehr zu besprechen. Eure Welt ist nicht meine Welt. Ich kann Euer Gerede nicht mehr hören und ich denke nicht daran, mein Dasein von Tag zu Tag zu fristen, umgeben von einer Verwandtschaft, die nichts als Saufen im Kopf hat und deren Anblick mich jedes Mal daran erinnert, wie ich selber bin: klein und hässlich und hungrig und schutzlos.

Dann machte die kleine Laus eine Pause und sagte:

Das hat mir Euer Pfarrer schon etliche Male auszureden versucht. Demut, hat er gepredigt. Demut! Aber er kann mir nicht das Gegenteil davon beweisen, was ich behaupte, dass es nämlich ein lieber Gott gar nicht nötig hätte, Läuse wie Euch zu schaffen. Und wie mich, setzte sie seufzend hinzu.

Doch noch während die kleine Laus sprach, war es, als ob sich der Himmel teilte. Ein riesiges, langes und blitzendes Ding fuhr hernieder. Die meisten Läuse erstarrten vor Schreck. Andere bohrten ihre Rüssel in den Boden, als könnten sie sich so festhalten. Auch die kleine Laus hatte mächtige Angst, vor allem, als das Ding immer näher kam und ein spitzes, nicht minder blinkendes Maul sich öffnete und sich daran machte, sie an einem Bein zu packen.

Viele sind berufen, schrie die kleine Laus, aber wenige sind auserwählt.

Das konnte man gerade noch hören, als sie mit einem Ruck mitten aus ihrer Verwandtschaft gerissen wurde.

Eines Tages musste es ja so kommen, versuchte die entfernte Verwandte ihr nachzurufen, während der Vater, von Schreck und Kummer überwältigt, stammelte:

Und der Pfarrer hat doch recht.

Die Mutter aber seufzte, sie hätte es geahnt.

Die kleine Laus dachte, jetzt sei ihr letztes Stündlein gekommen. Es rauschte nur so, als sie durch die Luft gezogen wurde, und ehe sie es sich versah, landete sie in einem glasigen Gefängnis, aus dem es kein Entrinnen gab.

Nun leben die Läuse ja seit Jahrtausenden auf den Köpfen der Menschen und deshalb braucht nicht länger erklärt zu werden, weshalb sie seit unvordenklichen Zeiten auch ihre Sprache verstehen. Doch kommen sie fast nie dazu, deren Gespräche zu belauschen, weil sie tatsächlich sehr beengt leben und Tag ein Tag aus damit beschäftigt sind, dem eigenen und dem Geschwätz der Verwandtschaft zuzuhören. In einer Lage aber wie der, in der sich die kleine Laus befand, getrennt von ihren Lieben, mutterseelenallein, hatte sie plötzlich Zeit und Gelegenheit, etwas zu hören, was schrecklich und wunderbar zugleich war. Weit entfernt, wie mächtiges Donnergrollen, hörte die kleine Laus:

Mein lieber van Leeuwenhoek, was habt Ihr uns mit der Erfindung dieser Lupe für ein wunderbares Geschenk gemacht. Eine neue Welt tut sich auf.

Ja, es ist eine neue Welt. Jeder Wassertropfen entpuppt sich als die Heimat bemerkenswerter Geschöpfe. Nur, bei allem Respekt, erlaubt mir, Euch in einem Punkt zu korrigieren. Dies ist keine Lupe. Es sind zwei Lupen: eine kleine dicke, und eine größere schlanke, die ich so miteinander verband, dass die größere schlanke das Bild der kleinen dicken um ein Mehrfaches vergrößert: das ist ein Mikroskop.

Aber das Ergebnis, mein bester Leeuwenhoek, ist und bleibt wunderbar. Es ist ein großer Schritt für die Menschheit.

Und ein noch viel größerer für eine Laus. Erlaubt mir, dass ich Euch etwas zeige. Wenn Ihr jetzt durchzublicken geruhtet.

Mein Gott, was für ein Ungeheuer!

Ich bitte Sie, kein Ungeheuer. Es ist der Kopf einer kleinen, dazu noch verängstigten Laus. Ein interessantes, eigenwilliges Ding. Aber das wollte ich Euch nicht in erster Linie zeigen. Mir geht es vordringlich um ihre Augen.

Um die Augen einer Laus?

Sehr wohl. Es ist die Tausendste, die ich mir deshalb anschaue. Und ich habe mir dieses Exemplar vom Kopf eines Straßenjungen geholt, der derzeit noch draußen wartet. Ich wollte ganz sicher gehen, deshalb kam niemand vom Gesinde infrage. Um es kurz zu machen: alle Läuseaugen sind gleich groß.

Wirklich, bester van Leeuwenhoek, eine ungewöhnliche Entdeckung, hoch interessant.

Nicht wahr: aber sie gibt uns endlich etwas, wonach ich schon lange suchte, in dieser Welt der kleinsten Dinge.

Das verstehe, wer will…

Nun, es ist ganz einfach. Wir sagen, dieser Raum ist zwanzig Schritte lang, oder jenes Tuch misst dreißig Ellen. Jeder weiß, was damit gemeint ist. Wenn aber das Mikroskop eine so vortreffliche Erfindung ist, wie wir beide zu meinen belieben, so wird sie wohl bald aller Orten Verbreitung finden. Jeder Doktor, jeder Bader und Apotheker, vielleicht sogar dieser oder jener Student wird einen Blick dahin werfen wollen, wohin dieses Gerät führt. Und dann wird es ein Leichtes sein und jedem verständlich, wenn man sagt: jenes schier unsichtbare Würmchen misst drei Läuseaugen im Querschnitt, und jenes Käferbein ist acht Läuseaugen lang und jener Perlmuttstaub, den ich von einem Schmetterlingsflügel strich, entpuppt sich als glänzendes Juwel von der Breite eines halben Läuseauges.

Sie meinen also, verehrter van Leeuwenhoek…

Gewiss, genau das: auf seine Weise und in seiner Welt ist das Auge der Laus das Maß aller Dinge.

Das Maß aller Dinge. Wie das klingt.

Nicht wahr? Das rechtfertigt doch einen Gnadenerlass. Ich werde nach dem Straßenjungen läuten und wenn Ihr die Güte hättet, mir jene Pinzette dort zu reichen…

Das war das Letzte, was die kleine Laus hier hörte, denn wiederum stieß ein endlos langes, kalt glänzendes Ding hernieder, packte sie, und setzte sie im Nu mitten zwischen ihre Angehörigen.

Der Pfarrer lag noch auf den Knien und rief ein ums andere Mal: Ein Wunder, ein Zeichen!

Erst als er merkte, dass er vor der kleinen Laus kniete, stand er auf und ging zur Seite. Vater und Mutter und die entfernte Verwandte redeten alle auf einmal, so dass nichts zu verstehen war. Die Nachbarn aber hielten respektvollen Abstand.

Die kleine Laus schwieg. Inzwischen war ihr Rüssel spitz und fest geworden. Vorsichtig bohrte sie ihn in den Boden und nahm einen tiefen Schluck. Merkwürdig, dachte sie, zuhause ist es auch ganz schön, und dann fielen ihr all die Dinge ein, die sie gehört hatte und sie fühlte sich fast erschlagen davon, was ihr als Einziger zuteil geworden war.

Was hat sie denn nun schon wieder? fragte der Vater.

Sie betet, antwortete der Pfarrer.

Nein, sie schläft, sagte die Mutter.

Die kleine Laus aber blinzelte vorsichtig zum Himmel.

●

Nun schläft er, sagte die dunkelhäutige Frau. Sie meinte den Jungen, der sich wie ein Hund neben Abel zusammengerollt hatte. Und Abel, der sich nicht zu bewegen wagte, um den Kleinen nicht zu wecken, sagte:

Und von seinem Märchen hat er auch nichts mitbekommen.

Dann werde ich wohl alles noch einmal erzählen müssen, meinte die alte Dame. Jemand lachte.

Zeit vergeht, vergeht aber auch nicht, sagte der andere Uniformierte. Es klang, als bemühe er sich um eine genaue Aussprache: Zeit steht still, wenn man erzählt, fügte er hinzu, dann zog er den Rauch so heftig ein, dass der Tabak hell aufglühte und sein Gesicht beleuchtete.

Mir, sprach er plötzlich russisch, Frieden. Alle hoffen. Dann machte er eine Pause, rang offensichtlich nach Worten: Ich Soldat. Gefangen. Wieder frei; geflohen. Warten auf Frieden.

Danach schwieg er und holte aus seinem Mantel etwas, das wie ein in Papier gewickelter Taschenspiegel aussah. Als er es auspackte, konnte man annehmen, es handele sich um einen von Rauch geschwärzten Scherben. Er hielt das Glas gegen das Feuer, betrachtete es und reichte es seinem Nachbarn. Der begutachtete es und reichte es weiter. Als es bei der alten Dame angekommen war, sagte sie:

Ein Dörfchen. Ein schönes Bild. Aber wenn man es gegen das Licht hält, könnte man meinen, dass es brennt.

Alles verbrannt, stimmte der Soldat zu, alles.

Er senkte den Kopf, richtete ihn dann plötzlich auf und fuhr fort:

Mütterchen Russland. Viele Märchen. Unendlich viele Märchen.

Wie wäre es denn mit einer Kostprobe? fragte der alte Abel.

Vielleicht später, antwortete der Soldat.

Als das gläserne Foto wieder bei ihm angekommen war, wickelte er es sorgfältig ein und steckte es in die Tasche. Dann stand er auf, packte ein brennendes Scheit wie eine Fackel und ging zu dem Stapel Kisten.

Vorsichtig, mahnte die junge Dunkelhäutige, dass es kein Feuer gibt.

Ist gut, antwortete der Soldat, ließ sich aber nicht stören. Nach einer Weile kehrte er mit zwei Flaschen und dem nur noch schwach glimmenden Kienspan zurück.

Wein, sagte er, nicht Wodka, aber Wein. Gesund. Bisschen lustig.

Einer der Anwesenden zog ein Taschenmesser hervor, aus dem sich ein Korkenzieher klappen ließ. Zögernd reichte er es dem Soldaten; der öffnete eine Flasche, wischte mit der Hand über die Öffnung und nahm einen Schluck. Während er die Flasche weitergab, behauptete er:

Roter Wein, wie Medizin.

Der alte Abel lächelte:

Rotwein und Käse, eine Gottesgabe.

Die junge Frau ging zum Schrank, holte ein

Stück Käse und versuchte, ein Stück davon abzubrechen.

Der ist wirklich hart, stellte sie fest.

Reicht lange, sagte der Soldat und nahm ihr das Stück ab. Mit dem Taschenmesser schnitt er es in kleinere Portionen. Die Flasche machte die Runde. Alle kauten, bis auf den Jungen, der tief und fest zu schlafen schien.

Ich kann es nicht, sagte die junge Frau plötzlich.

Zwar hielten alle einen Moment mit dem Essen inne, aber niemand ging auf sie ein.

Ich möchte es, aber ich kann es nicht, wiederholte sie. Der alte Abel murmelte etwas, das wie „nun, nun" klang.

Der Anton hat seinen Namen genannt, fuhr sie fort, die Tulla, Abel. Selbst der Russe hier hat etwas von sich erzählt. Aber ich kann es nicht.

Niemand ist dazu gezwungen, sagte der alte Mann bedächtig. Und zuweilen ist es fast überflüssig. Wer einen solchen Stern trägt, und er wies auf seinen, braucht sich nicht vorzustellen. Jeder weiß, woher er kommt. Manche geben sich zu erkennen, indem sie etwas tun, andere, in dem sie eine Geschichte erzählen. Und das ist nicht der schlechteste Weg. Aber wenn jemand hier für sich bleiben will, unerkannt, dann sollte es allen auch recht sein. Vorläufig haben wir das zum Leben Notwendigste. Wir müssen nur abwarten.

Warten, immer warten. Immer die Angst, dass etwas passiert, widersprach die junge Frau, wie lange kann das noch dauern?

Als hätte sie ihn gefragt, antwortete der Russe:
Nicht lange. Bestimmt.

Toni nickte traurig. Der russische Soldat öffnete die zweite Flasche.

Trink, Brüderchen, sagte er, Medizin! Toni nahm einen tiefen Schluck.

Ein bisschen hilft es wirklich, antwortete er, danke.

Toni ließ sich den Korken geben, verschloss die Flasche und stellte sie in die Nähe des Feuers.

Eigentlich, sagte eine Stimme aus dem Hintergrund, müsste man nachsehen, was draußen los ist.

Nein, antwortete die junge Frau heftig, ich habe zu viel Angst, dass wir entdeckt werden.

War ja nicht so gemeint, sagte die Stimme, aber wie sollen wir erfahren, was draußen geschieht? Wir können doch nicht ewig warten.

Manche, erwiderte der alte Abel, die nicht warten konnten, warten jetzt ewig. Aber Sie haben Recht. Irgendwann werden wir uns hinauswagen müssen. Doch wir sind erst kurz hier. Ich weiß nicht, wer als Letzter kam. Aber alle waren wir auf der Flucht und froh, diesen Platz gefunden zu haben…

Ich dränge ja nicht, sagte die Stimme, ich habe nur laut gedacht.

Da ist ja auch noch das Radio, gab Toni zu bedenken.

Ohne Strom, antwortete die junge Frau.

Einmal ging es ja schon, dann könnten wir auf

Nachrichten warten.

Der Verwundete blieb hartnäckig.

Es ist jedenfalls eine Möglichkeit, gab sie zu, und begann zu weinen.

Wenn mein Arm heil wäre, sagte Toni, könnte ich ihn um Sie legen.

Sie musste lachen, während sie weinte:

Dann werden Sie mal schnell gesund.

Das Radio, begann die Stimme wieder, woher bekommt es den Strom?

Vermutlich daher, woher auch der Strom für das Licht kommt, antwortete Toni.

Das meine ich nicht, fuhr die Stimme fort. Das Radio gibt mir zu denken. Viel Zeit zum Umsehen hatte da draußen vermutlich keiner von uns. Aber, soweit ich mich erinnere, war die Stadt halb zerstört. Was ich sah, waren Flammen und Trümmer und woran ich mich erinnere, waren Explosionen und das Fauchen von Raketen. Ich denke, selbst wenn ein Kraftwerk heil geblieben sein sollte, die Leitungen zu den Häusern wären unterbrochen. Da oben ist Krieg…

Und was wollen Sie damit sagen? fragte Toni.

Nun ja, ich weiß nicht. Vielleicht gibt es, so wie es geheime Gänge gibt, auch ein unterirdisches Kraftwerk. Nur, dass niemand davon weiß.

Und weshalb wurde es dann nur für kurze Zeit hell?

Woher soll ich denn das wissen?

Vielleicht, um jemandem eine Nachricht zu geben.

Hier meldete sich der alte Abel:

Derzeit kann es doch wirklich gleichgültig sein, wer uns Licht oder Musik schickt.

Oder, sagte die Stimme aus dem Hintergrund, Sie tun so, als sei es Ihnen egal, weil es Ihnen bekannt ist. Vielleicht auch, weil Sie längst wissen, was die Nachricht bedeutet.

Herrschaften, mahnte Tulla, müssen wir uns auch noch streiten. Wer sind Sie denn überhaupt, dahinten?

Sie wandte ihren Kopf in die Richtung, aus der die Stimme kam, und versuchte mit ihren alten Augen das Dunkel zu durchdringen.

Wieso, fragte die Stimme, soll gerade ich sagen, wer ich bin? Die Zigeunerin da vorn stellt sich ja auch nicht vor?

Plötzlich fragte der Junge:

Und wenn Sie ein Spion sind?

Der Sprecher im Hintergrund zögerte:

Schau an. Ich denke, Du bist müde und willst schlafen? Wenn ich ein Spion wäre, hätte ich längst alle verraten können. Außerdem, wen sollte ich in dem Durcheinander da oben verständigen? Ich bin genauso lange hier wie Ihr anderen auch. Wer kann denn sagen, wer draußen noch lebt oder gerade einen Sieg feiert oder davonrennt?

Da hat er nicht ganz Unrecht, meinte Abel.

Mein lieber Herr, erwiderte die Stimme, auf Eure Fürsprache kann ich verzichten. Auf meine Weise bin ich gefährdet wie Ihr. Aber ich will die Neugierde der Anwesenden und vor allem die der alten Dame gern befriedigen: Hadschi, Stuntman und Sensationsdarsteller.

Damit sprang der Sprecher von einer Kiste, auf der er bisher gestanden hatte.

Der ist ja noch kleiner als ich, sagte der Junge, als der Mann in den Lichtkreis des Feuers trat.

Aber erwachsen, fügte die dunkelhäutige Frau, die von Hadschi Zigeunerin genannt worden war, hinzu.

Ein Zwerg, rief der Junge.

Leider kein echter, erwiderte Hadschi, nur der Größe nach. Richtige Zwerge sind steinreich. Außerdem können sie sich unsichtbar machen.

Und wer sagt mir, dass Du das nicht kannst? fragte der Junge.

Mein liebes Kind, wenn ich das könnte, wäre ich nicht hier.

Aber der Junge ließ nicht locker:

Dafür kannst Du Dich größer machen als Du bist.

Das sagte ich bereits bei meiner Vorstellung, ich bin ein Sensationsdarsteller.

Jetzt lachten alle, nur der kleine Junge nicht:

Sensationsdarsteller, was kann das schon sein?

Verstehst Du ja doch nicht. Außerdem hast Du Dein Märchen verschlafen.

Das ist nicht wahr, sagte der Junge. Es war einmal eine kleine Laus, die hatte, die hatte…

Nun lass mal gut sein, beruhigte ihn Tulla. Ich erzähle sie Dir bei anderer Gelegenheit.

Aber, wieder ergriff der Neuankömmling das

Wort, da Du mich einen Spion genannt hast, wirst
Du mir wohl eine Gegenfrage erlauben, mein Junge. Wo kommst Du denn her? Und hör mir gut zu:
ich bin so lange hier wie die meisten der anderen.
Vielleicht sogar ein bisschen länger. Seit Stunden
sind wir zusammen, aber keinem ist meine wirkli-
che Größe aufgefallen. Stattdessen habe ich Euch
ausführlich beobachtet. Ich habe sehr viel gesehen.
Und was Dich betrifft, so weiß ich zwei Dinge. Als
ich den Keller betrat, warst Du noch nicht hier.
Und Du bist nicht über die Treppe gekommen.

Alle schwiegen. Das Holz knackte in der Glut.

Was seht Ihr mich an? fragte der Junge. Ich war
hinter dem Schrank.

Der Schrank, meinte Hadschi leise, steht dicht
an der Wand. Den kannst Du nicht zur Seite bewegen. Auch ohne Käse nicht. Also, mein Kleiner,
solange wir nicht wissen, woher Du so plötzlich
gekommen bist, sollten wir uns vielleicht ein bisschen vor Dir in Acht nehmen.

Ich weiß es nicht. Ich weiß es wirklich nicht,
antwortete der Junge und duckte sich in den Schatten von Abels Kiste.

Nun quälen Sie doch nicht das Kind, mahnte
der Alte.

Vielleicht, meinte Hadschi darauf, sind wir
Kleinen, trotz der uns angeborenen Weisheit, auch
ein bisschen boshafter als Ihr Großen. Ich schätze
es nicht, Spion genannt zu werden. Nicht in einer
Lage wie dieser. Auch nicht von Kindern. Verzei-
hen Sie mir, verehrte Anwesende – und damit

sprang er wieder auf eine Kiste – dass ich Sie mit meinen Ansichten bekannt mache. Im Gegensatz zur landläufigen Meinung bin ich keineswegs der Ansicht, dass die Kindheit das Alter der Unschuld ist. Es gibt wahre kleine Teufel. Ich weiß, wovon ich rede. Und ich meine nicht den kleinen Detektiv da. Aber wenn besagte Teufel Gelegenheit bekommen, sich zu einer Satansbrut auszuwachsen, wie sie da oben derzeit herrscht, dann brauche ich Ihnen allen nicht zu sagen, was das bedeutet. Das da oben sind böse Herren. Jedenfalls für uns. Und warum sind wir hier? Weil man jedem von uns nach dem Leben trachtet. Abel, dem alten Juden. Der Zigeunerin, die vor Todesangst ihren Namen nicht zu nennen wagt. Leute wie mich, Iwan hier, und den verwundeten Anton. Lass mich mal raten: Fahnenflucht, würde ich sagen. Vielleicht, weil er nicht einsah, warum er auf Iwan schießen sollte. Stimmt's mein Freund?

Toni senkte den Kopf.

So oder ähnlich muss es sein. Und die gütige alte Dame, was hat die auf dem Kerbholz?

Tulla lachte:

Vielleicht, antwortete sie, weil ich Märchen erzählte.

Vielleicht, erwiderte Hadschi, vielleicht, Madame, weil Sie ein Märchen zu viel erzählten.

Darauf schwieg Tulla.

Und, fragte Hadschi nach einer Pause und stieg wieder von seinem Podest, was ist mit den restlichen fünf, die ich hier zähle, die noch keinen

Mucks von sich gaben, die nur Wein getrunken haben, oder geraucht oder Käse gekaut?

Vielleicht sprechen sie nur nicht unsere Sprache. Schlimm genug, heutzutage.

Aber vielleicht, sagte Abel, erzählen sie uns eine Geschichte – und ihnen wird leichter ums Herz.

Das wäre allen zu wünschen, erwiderte Hadschi. Was aber Ihren Schützling betrifft, lieber Abel, so kann es durchaus sein, dass er sich hinter den Kisten versteckt haben möchte. Doch mein Gefühl ist, dass wir mit ihm noch was erleben werden.

Und das, erwiderte Abel, muss nicht unbedingt etwas Schlimmes sein.

Gewiss nicht, Hadschi verneigte sich in Richtung seines Gesprächspartners. Aber eine plötzliche freudige Überraschung könnte für manche ebenso fatale Folgen haben.

Nun schwiegen alle. Der Junge stocherte in der Glut und versuchte, eine abgenagte Käserinde zum Brennen zu bringen. Auf einmal begann die dunkelhäutige Frau zu sprechen, die, die der Zwerg eine Zigeunerin genannt hatte.

Man hat mir meinen Namen genommen. Selbst wenn es eines Tages Frieden gäbe, und es würde wie früher, dann hieße das für mich, noch immer heimatlos zu sein, umherziehen zu müssen, immer verjagt zu werden, gemieden, weil namenlos, ohne Geschichten.

Leise begann sie, eine Melodie zu summen.

Eine Weile hörten ihr alle zu, dann unterbrach sie der Junge:

Ich möchte lieber ein Märchen hören. Ein langes, das nicht zu Ende geht.

Das kann ich mir denken, murmelte Abel, so eine Geschichte, die sich selbst in den Schwanz beißt. Aber das könnte doch langweilig werden.

Mir aber nicht, meinte der Junge.

Du bist schon einmal eingeschlafen, erinnerte ihn die junge Frau.

Aus Versehen, antwortete er, nicht mehr ganz so störrisch. Ich habe Durst, fuhr er fort.

Nimm die leere Flasche hier, schlug Abel vor, spül sie am Wasserhahn aus und füll sie Dir auf. Dann hast du einen Vorrat für eine ganze Weile. Der Junge gehorchte.

Das ist eine gute Idee, sagte Tulla, spülst Du mir bitte auch eine Flasche und füllst sie mit Wasser?

Der Junge nickte und machte sich an die Arbeit. Der Vorschlag leuchtete auch den anderen ein und schließlich stand neben jedem Platz eine gefüllte Flasche.

Wein scheint es auch noch zu geben, meldete Iwan und kam mit zwei weiteren Flaschen zurück, von denen er eine öffnete.

Aber mit dem Käse sieht es nicht so gut aus, sagte die junge Frau. Zwei große Stücke sind genauso trocken wie der, von dem wir schon gekostet haben – aber immerhin genießbar. Darunter liegen einige verschimmelte Brocken.

Es wäre auch zu schön gewesen, meinte der alte Abel. Wir werden später sehen, vielleicht kann man davon etwas retten, wenn man die Rinde abschneidet.

Vielleicht, sagte die junge Frau, es ist jedenfalls noch Einiges da.

Wenn ich denke, was ich schon alles in meinem Leben gegessen habe… murmelte der Verwundete und sein Nachbar, der russische Soldat, nickte:

Trink, Brüderchen, lud er ein und Anton trank.

Manche Käse müssen ja schimmeln, meinte Hadschi; wenn dieser ganz trocken ist, kann es gut sein, dass er innen gar nicht betroffen ist. Aber tatsächlich fällt mir eine Geschichte ein, die mit kulinarischen Fragen nichts zu tun hat, die vielleicht aber dem Wicht da gefallen könnte. Von einer studierten Hexe. Er kicherte vor sich hin.

Aber bitte, forderte die alte Tulla ihn auf.

Die studierte Hexe

In einer großen Stadt lebte einmal eine Hexe. Schon als junges Mädchen konnte sie mit dem kleinen Finger die schwierigsten Kunststücke fertig bringen. Zeigte sie auf eine Knospe, so erblühte die Blume vor allen Augen. Natürlich beherrschte sie das Hexeneinmaleins vor dem Lesen und Schreiben. Sie redete mit den Tieren und tanzte mit den Fischen. Vor allem aber verstand sie sich darauf, die Menschen zu bezaubern.

Beim Erwachsenwerden wurde sie immer hübscher, so dass jeder Teufel hinter ihr her war. Sie lachte aber nur und ließ alle Verehrer abblitzen. Inzwischen konnte sie auf Besen reiten, Liebestränke mischen, versteckte Schätze und unterirdische Wasseradern finden, ja, manchmal, wenn es ihr sehr gut ging, konnte sie die Zeit anhalten.

Mit anderen Worten, diese Hexe hatte alle Voraussetzungen, glücklich zu werden, denn fehlte ihr etwas, so fiel es ihr leicht, das Fehlende zu beschaffen. Hatte sie etwa Lust zu baden und die Jahreszeit schien ihr zu kühl, dann setzte sie sich auf einen Besen und flog in wärmere Gefilde. Oben, in den Lüften, begegnete sie den fliegenden Teppichhändlern, die ständig unterwegs waren und ihr sagen konnten, wo es derzeit besonders schick zuging und wo das Klima am bekömmlichsten war. Dann lag sie unter Palmen und träumte übers Meer hinweg und ließ sich von weißgewandeten, Turban tragenden Herren bedienen, die ihr Gebäck brachten und süßen Pfefferminztee.

Brauchte sie aber einmal ein besonders seltenes Rezept oder einen kühnen Zauberspruch, so lauschte sie den langen und schwierigen Erklärungen des Wassers, das in den Flüssen rauschte, oder hörte darauf, was der Wind erzählte, wenn er als Brise zu ihr sprach oder als Sturm. Manchmal, wenn sie sich besonders ungeschickt anstellte, so dass man sie für schwerhörig halten konnte, brüllte ein Orkan sie an. Danach war die Hexe immer ein wenig klüger.

Eines Tages begegnete sie einem jungen Mann, der zwar nichts von der Hexenkunst verstand, ihr aber so gut gefiel, dass sie ihn zu heiraten beschloss. Auf ihren weltweiten Reisen hatte die Hexe alle möglichen Sitten kennengelernt. Was das Heiraten betraf, hatte es ihr am besten bei den Berberinnen auf dem Hohen Atlas gefallen. Da waren es nämlich die Frauen, die den Männern den Antrag machten. Und dabei ging es keineswegs wie in der guten alten Zeit zu, dass sich der Verliebte vor seiner Herzensdame auf die Knie warf und um ihre Hand bat. Nein, da sagte die Heiratswillige ihrem Kandidaten ins Gesicht, was sie von ihm erwartete und was sie an Talenten und Geld in die Ehe einzubringen gedachte.

So wollte es die Hexe auch machen. Und anstatt ihrem Erwählten einen ihrer wirkungsvollsten

Liebestränke zu mischen, damit der wenigstens zeitweise nicht ganz bei Sinnen war, wies sie ihn bei passender Gelegenheit darauf hin, dass sie heiratswillig und hübsch sei – und zaubern könne sie auch.

Wie erstaunt war sie aber, als der junge Mann ihr nicht um den Hals fiel, sondern recht kühl erwiderte, dass auch er im besten Alter sei, ebenfalls ansehnlich und, bei aller Bescheidenheit, auch von sich sagen dürfe, dass er den Frauen gefalle. Zaubern könne er nicht. Dafür habe er gerade seinen Doktor gemacht.

Der Hexe blieb buchstäblich die Spucke weg. Anstatt zu antworten, ließ sie für einen Moment ihre Bluse verschwinden, so dass der junge Mann einen Augenblick lang, der kürzer war als ein Gedankenblitz, ihren schönen Busen sehen konnte. Das hatte auch seine Wirkung, die aber nicht länger anhielt als besagter Gedankenblitz: süße junge Hexen gebe es reichlich, sagte der Herr Doktor, vor allem in Universitätsstädten wie dieser. Sie solle mal darüber nachdenken.

Was ist denn eine Universitätsstadt? rief die Hexe ihm nach. Der junge Mann drehte sich noch einmal um, winkte und lachte.

Soll das eine Antwort sein? fragte die Hexe.

Natürlich brauchte sie nicht lange, um herauszufinden, was eine Universität ist. Da Hexen zum Telefonieren kein Telefon benötigen, besaß sie natürlich auch kein Telefonbuch. Jetzt wurde ihr aber klar, was es mit den kleinen gelben Häuschen auf

sich hatte, an denen sie bisher achtlos vorbeige-
gangen war. In einem der dort ausliegenden Bücher fand sie den Platz verzeichnet, wo die Universität lag und dort standen auch die Namen der
Professoren.

Jetzt gab es nicht viel nachzudenken. Sie suchte
den, der ihr am schnellsten zum Studium verhel-
fen konnte. Wie von selbst blieb ihr Finger bei einem Professor Labor stehen. Da ging sie hin. Als
sie ihm erzählte, dass sie hexen könne, wunderte
sich der Professor sehr, so etwas hatte er noch nie
gehört. Als sie ihm aber mitteilte, dass sie studieren wolle, fiel er aus allen Wolken.

Heutzutage studiert doch jeder, sagte er, nein,
das könne er einfach nicht glauben. Und dann
sprach er ein so geheimnisvolles Wort aus, dass
die Hexe es sofort wieder vergaß. Der Sache nach
aber, erklärte der Professor, gehe es zunächst darum festzustellen, wieso sie bisher nicht zum Studieren gekommen sei. Er vermute, ließ er sie wissen, dass es mit ihrer Hexerei zu tun habe.

Und richtig: kaum war ein Jahr vergangen, in
dem er sie dreimal wöchentlich befragt hatte,
stand das Ergebnis fest. Es lag an der Hexerei. Der
Professor schrieb eine kleine Rechnung und
schnell hatte die Hexe einen Beutel voll Gold zur
Hand und den Professor bezahlt. Als der das Gold
sah, sagte er, jetzt müsse man nur noch herausfinden, woran es gelegen habe, dass sie eine Hexe
geworden sei. Wüsste man dies, stünde einem
Studium nichts mehr im Wege. Er vermute, dass

sie von Beginn an eine Hexe gewesen sei.

Und richtig. Ein Jahr später hatte sich auch diese Vermutung bestätigt. Die Hexe war von Anfang an eine Hexe gewesen. Wieder schrieb der Professor seine Rechnung. Merkwürdigerweise fiel es der Hexe diesmal nicht ganz leicht, das Geld herbeizuzaubern. Aber beim zweiten Versuch klappte es.

Nun konnte sie studieren. Doch Professor Labor verlangte eine Vorauszahlung. Aber es war wie verhext: jetzt, wo sie nur noch studieren wollte, fiel es ihr schwer, an Gold zu denken. Macht nichts, meinte der Professor:

Hierfür gibt es ein Stipendium.

Diesmal gelang es der Hexe, das Wort zu behalten und im Laufe der folgenden Jahre lernte sie eine solche Menge schwieriger und kluger Wörter, wie sie das vorher nicht für möglich gehalten hätte. Ja, sie konnte sich nicht einmal mehr vorstellen, dass es eine Zeit gegeben hatte, in der sie irgendein Wort nicht verstand.

Den jungen Doktor hatte sie natürlich nicht aus den Augen verloren. Von Zeit zu Zeit trafen sich die beiden und sie erzählte ihm von ihren Fortschritten beim Studium: dass sie gelernt hätte, wie es dazu käme, dass Blumen blühten, wann und warum sie es täten. Wie die Tiere miteinander umgehen und wie man sie dressieren könne, dass es fast so aussehe als könnten sie einen verstehen. Und warum ein Gegenstand, der schwerer sei als Luft – und das seien die meisten – herunter fallen müsse, wenn man ihn nicht mithilfe von Motoren oben hielte.

Der junge Doktor, der inzwischen eine Praxis aufgemacht hatte, war von ihrem Wissen so angetan, dass er sie immer häufiger sehen wollte. Und richtig, kaum hatte sie ihr Examen gemacht, heiratete er sie. Nun besaß sie alles, was sie wollte und wie es im Laufe der Jahre zusammengekommen war: ihren Doktor, drei Kinder und ein Häuschen am Rande der großen und schönen Stadt. Nur Hexen konnte sie nicht mehr.

Jeden Sonntag, wenn Sie nach dem Mittagessen mit ihrem Mann und den Kindern am Fluss spazieren ging, war ihr, als flüstere ihr jemand etwas zu, und wenn der Wind sich zu einer Bö erhob, blieb sie gedankenverloren stehen.

Hast Du etwas sagen wollen? fragte ihr Mann dann liebevoll, oder er sagte: Manchmal möchte ich wissen, was Du gerade jetzt denkst.

Gar nichts, antwortete sie dann, nichts. Ich habe wohl einen Moment geträumt.

●

Die Geschichte hat mich berührt, sagte die dunkelhäutige Frau, sobald Hadschi schwieg.

Ich könnte hinzufügen, fuhr er fort: Und wenn sie nicht gestorben sind, dann leben sie unzufrieden und unglücklich bis heute.

Aber, ich bitte Sie, sagte Tulla, in Gegenwart des Kindes! Das kann es doch gar nicht verstehen!

Natürlich kann ich das verstehen, antwortete der Junge, das versteht doch jeder.

Nun, lenkte Hadschi ein, vergessen wir meine letzte Bemerkung. Eigentlich finde auch ich das Märchen ohne sie schöner. Für einen richtigen Zwerg bin ich wohl nicht alt genug, will sagen, weise.

Nach einer Pause fügte er leiser hinzu: obwohl man ein vollkommenes Wesen ist, fühlt man sich gelegentlich recht unvollkommen und meint, sich dafür mit ein bisschen Spott auf eigene und anderer Kosten trösten zu dürfen.

Es entstand eine Pause, in der der Junge Holz nachlegte.

Langsam werde ich müde, meinte der alte Abel, aber ob ich schlafen kann, ist eine andere Sache.

Der Verwundete tastete mit seiner gesunden Hand den Boden ab:

Bequem wäre es zwar nicht, aber das Feuer hat die Fliesen aufgeheizt – wir würden zumindest nicht frieren, sagte er.

Und wenn ich dann schlafe, fuhr Abel fort, schaltet sich bestimmt das Licht ein und man schreckt wieder auf.

Es muss doch einen Schalter geben, meinte der Verwundete, wahrscheinlich neben dem Treppenaufgang.

Er stand auf und nahm, wie vorhin der Russe, ein brennendes Scheit.

Die Treppe, meinte Abel nachdenklich, muss nicht notwendig der Hauptzugang sein. Da hinten, hinter den alten Kisten, da ist es so düster, dass man überhaupt nichts erkennt. Ich meine aber, vorhin, als die Lampe noch leuchtete, dort eine Nische gesehen zu haben.

Der Verwundete hob die Fackel über den Kopf.

Warten Sie, sagte der Junge, ich werde Ihnen helfen.

Er stand auf und schob einige der leeren Kisten zur Seite.

Tatsächlich, sagte der Verwundete, da ist eine Nische. Nachdem einige weitere Kisten fortgeräumt waren, wobei der Junge weitere Weinflaschen entdeckte, rief er:

Da ist auch eine Tür!

Fast ein Tor, ergänzte Toni, massives Holz, eisenbeschlagen. Und verschlossen.

Wohin die wohl führt? fragte die junge Frau ängstlich.

Vermutlich zu einem benachbarten Gewölbe, oder zu einer Treppe in die Ruine über uns, meinte Abel. Natürlich wäre sie dann verschüttet. Die Treppe, über die wir gekommen sind, führte ja direkt ins Freie; von der Tür abgesehen.

Jeder kann also hereinkommen, stellte sie schaudernd fest.

Wie wir auch, meinte Abel beruhigend, für uns war dieses Gewölbe die Rettung.

Hier ist ein Schalter, sagte der Junge. Man hörte es knacken, als er ihn drehte. Erwartungsgemäß geschah nichts.

Sollte man nicht wieder die Kisten vor die Tür stellen? fragte die junge Frau.

Hadschi, der sich bisher an diesem Gespräch nicht beteiligt hatte, meinte:

Die Kisten sind leicht. Im Notfall wären sie kein Schutz. Außerdem waren sie nicht direkt vor der Tür gestapelt, sondern unordentlich verstreut. Vielleicht hat vor uns jemand Wein gesucht und danach nicht aufgeräumt, oder, fügte er nach einer Pause hinzu, sich verstecken wollen und ist dabei überrascht worden. Hm?

Klingt vernünftig, stimmte Abel zu: das Gewölbe diente offensichtlich teils als Weinkeller, teils als Rumpelkammer. Ich halte es, wie unser Freund Hadschi, mit der Logik. Seit Stunden sind wir hier, niemand hat uns seither behelligt. Wahrscheinlich wird uns auch in nächster Zeit niemand finden.

Weinen Sie nicht, sagte Toni zu der jungen Frau, wer weiß, wie viele glückliche Umstände zusammenkommen mussten, damit wir diese Zuflucht fanden. Es gab eine Gefechtspause, daran erinnere ich mich; vielleicht auch eine kurze Windstille, so dass die Flammen nicht durch die Straßen peitschten; vielleicht gab es einen Augenblick lang für ein Dutzend Flüchtlinge nur einen einzigen Weg – und einen Moment später war der gleiche Weg wieder verschlossen.

Einige der Anwesenden nickten.

Bei mir war es so, sagte die alte Tulla.

Da, da, meinte der Russe und nickte heftig. Je mehr ich trinke, desto besser kann ich reden. Ich werde euch eine Geschichte erzählen. Da, Mütterchen Tulla?

Märchen, Märchen, wiederholte Hadschi, in dieser Situation!

Nicht unwahrscheinlicher, in dieser Situation, als Sensationsdarsteller, erwiderte Tulla. Mit Verlaub, Monsieur, fügte sie hinzu, Sie haben doch gerade selbst eins erzählt.

Da niemand widersprach, nahm Iwan einen tiefen Schluck, und begann.

Die Reisen des Flugzeugs Rata

Ein lebenslustiger und starker Kerl, der aus dem schönen Georgien stammte, wo man den Wein, die Frauen und die Dichtkunst noch zu ehren verstand, war als Soldat in Gefangenschaft geraten. Nun hätte der Mann die schlechte Behandlung, das miserable Essen und die elende Unterkunft ohne Murren ertragen, denn es war ja Krieg und vielen seiner ehemaligen Kameraden ging es schlechter als ihm – wenn nicht das Heimweh gewesen wäre.

Tagsüber musste er auf den Feldern eines Bauern arbeiten – was ihm nichts ausmachte, denn er war gerne an der frischen Luft – und nachts im Stall schlafen – was ihm auch recht war, denn bei den Kühen war es warm und ihre Sprache war ihm nicht fremder als die seiner Bewacher. Aber das Heimweh plagte ihn Tag und Nacht, so dass er manchmal mitten in der Arbeit wie gelähmt stehen blieb und mit Flüchen angetrieben werden musste, oder nachts aus wirren Träume mit tränenüberströmtem Gesicht aufwachte. Und an Flucht war nicht zu denken. Da er die Landessprache nicht verstand, wusste er nicht einmal, wie der Ort hieß, an den man ihn gebracht hatte.

Einmal hatte er gesehen, wie andere Gefangene in ihrer freien Zeit Spielzeug schnitzten. Hölzerne

Pferdchen und Wagen oder Autos und Flugzeuge, die sie an die Kinder der Bauern verschenkten, bei denen sie arbeiten mussten, oder, wenn es möglich war, für einige Äpfel oder ein Stück Brot eintauschten. Das brachte den Mann auf einen Gedanken. Auch er wollte sich ein Flugzeug schnitzen, eins, mit dem er, wenn schon nicht wirklich, so doch in Gedanken davonfliegen könnte, um die alten Städte seiner Heimat aufzusuchen, die Weinberge und die Mädchen, an die er sich erinnerte, und – vor allem – um wieder einmal in ihrer schönen Schrift die überlieferten Gedichte und Geschichten nachzulesen.

So machte er sich an die Arbeit. Aus dem armlangen Stück eines Astes schnitt er zunächst den Rumpf, schön hohl, wie es sich gehörte; drinnen eine kleine Kanzel für den Piloten, mit Sitz und Steuerknüppel, genau so wie er es sich in einem Flugzeug vorstellte, denn selbst hatte er noch nie in einem Flieger gesessen, geschweige denn je einen geflogen. Aus einem kleinen Brett entstanden Seitenleitwerk und Höhenruder, und aus einem größeren die Flügel. Schließlich fehlten nur die Räder und ein Propeller.

Eigentlich war damit das Flugzeug fertig. Aber der Mann, dessen Heimweh immer stärker wurde, konnte nicht aufhören, an dem Flugzeug zu feilen, zu bohren, zu sticheln und zu ziselieren. Es war wie ein Zwang, bis vor ihm eine vollkommene, kleine Maschine stand.

Nun der Pilot, dachte er. Aus einem Stück

Eichenrinde schnitzte und schabte er ein Männchen, das genau in die Kanzel passte. Irgendwie kam ihm das Männchen bekannt vor. Als er ein zweites Mal hinsah, erkannte er sich selbst wieder. So ist es recht, dachte er und versteckte das Flugzeug unter einem Sack im Kuhstall. Das Männchen aber schob er sich unter das Hemd.

Als er abends allein war, legte er sich auf sein Strohlager im Stall, holte das Flugzeug unter dem Sack hervor und das Männchen unter seinem Hemd.

Ehe du losfliegst, sagte er zu dem Piloten, taufe ich das Flugzeug „Rata": das klingt frech und mutig. Dann setzte er den Piloten in die Kanzel.

Kaum hatte er sich zurückgelehnt, begann schon der Propeller zu surren und dem Mann war, als würde er von einer unsichtbaren Kraft zum Stallfenster hinaus und direkt in den nächtlichen Himmel getragen.

Wohin soll's denn gehen? fragte das kleine Flugzeug.

Nanu, Du kannst ja sprechen, wunderte sich der Mann.

Ich bin ein kleines aber vollkommenes Flugzeug, sagte das kleine Flugzeug.

Das klingt aber ziemlich eitel, antwortete sein Pilot.

Wohin willst Du denn nun? fragte das Flugzeug.

Nach Hause, natürlich, nach Georgien, wohin denn sonst! befahl der Mann.

Fein, antwortete das kleine Flugzeug, das ist mir recht. Fliegen wir nach Hause.

Und damit begann es noch kräftiger zu brummen und sich weit über die Wolken in den Himmel zu schrauben. Nun, da sich das Flugzeug um alles kümmerte, konnte der Mann die Reise genießen. Wie ihm schien, ging es stundenlang über Wolken, die im Sternenlicht glimmten. Die Erde lag so tief unter ihnen, dass er selbst dann nichts hätte erkennen können, wenn sich ein Loch zwischen den Wolken aufgetan hätte. Endlich sagte das kleine Flugzeug:

Gleich sind wir da. Nur noch durch die Wolken und wir landen.

Es rumpelte kräftig, als sie hinab tauchten, und wenig später waren sie gelandet. Kaum hatte der Mann die Kanzel geöffnet, fuhr ein eisiger Windstoß in sein Gesicht. Ein Sturm erhob sich. Erst fielen einige Flocken Schnee, dann begann es zu stiemen.

Das ist kein normaler Schneefall, das ist auch kein Schneesturm, das ist ein Blizzard. Das ist nicht Georgien, niemals! rief der Mann, um den Sturm zu übertönen.

Wer spricht denn von Georgien? fragte das Flugzeug, das ist der Nordpol.

Ich wollte aber nach Georgien, sagte der Mann.

Woher soll ich wissen, wo Georgien liegt, antwortete das kleine Flugzeug.

Du weißt aber, dass das der Nordpol ist!

Bin ich das Flugzeug oder Du? trumpfte das

Flugzeug auf. Mach lieber die Kanzel zu und schnall dich an. Mir wird es hier zu ungemütlich.

Dann brummte der Motor laut auf und mit aller Kraft kämpfte sich die Maschine gegen den Sturm aufwärts.

Jetzt aber nach Georgien, verlangte der Mann, nachdem er sich von der Rüttelei erholt hatte.

Meinst Du nicht, fragte das Flugzeug, dass es dazu etwas zu spät ist?

Wahrhaftig, antwortete der Mann, zurück in den Stall, sonst gibt es ein böses Erwachen.

Als unser Mann am Morgen zu sich kam, fühlte er sich wie zerschlagen. Aber als er unter den Sack neben seinem Bett fasste, spürte er den Rumpf und die Flügel der kleinen Rata. Es schien alles in Ordnung zu sein. Und der hölzerne Pilot steckte unter seinem Hemd. Glücklicherweise brauchte der Mann an diesem Tag nur im Stall zu arbeiten. Er musste ausmisten, die Kühe versorgen und beim Melken helfen. In der Mittagspause fand er sogar Zeit für ein kurzes Nickerchen. Abends bekam er eine Suppe und ein Stück Brot. Zur Schlafenszeit wurde er wieder in den Stall gesperrt.

Ehe der Mann diesmal den Piloten in die Kanzel setzte, schärfte er ihm ein, nicht zu vergessen, dass Georgien südlich vom Kaukasus liegt.

Und der Kaukasus, sagte der Mann, ist ein großes Gebirge, nicht zu verfehlen.

Natürlich, antwortete das kleine Flugzeug, nicht zu verfehlen!

Dann stieg es stracks durchs Stallfenster in den

nächtlichen Himmel. Erst flogen sie lange über Land und dann lange über Wasser. Bestimmt, dachte der heimwehkranke Georgier, geht es jetzt schon übers Schwarze Meer. Gleich sind wir da.

Tatsächlich setzte das Flugzeug zur Landung an. Überall blitzten Lampen und Lichter, die Luft war erfüllt vom Brummen vieler anderer Maschinen, die gerade landen wollten oder starteten. Am Horizont aber erhob sich eine Kette riesiger Gebäude, die wie Felsen emporragten.

Das soll Georgien sein, niemals! schrie der Mann, um die anderen Maschinen zu übertönen.

Wer spricht denn von Georgien? fragte die kleine Rata. Ich finde, dass man wenigstens einmal in seinem Leben in Amerika gewesen sein muss.

Was soll ich in Amerika? Ich will nach Hause.

In Georgien, belehrte ihn das kleine Flugzeug, kannst Du Deinen Lebensabend verbringen. Aber da wir nun einmal hier sind, hast Du sicher nichts gegen einige Sehenswürdigkeiten einzuwenden. Sieh mal, dabei startete die kleine Maschine, sieh mal diese Wolkenkratzer. Wir drehen wenigstens eine Ehrenrunde.

Ich dachte, als wir übers Wasser flogen, das sei das Schwarze Meer, sagte der Mann traurig.

Dann hätten wir nach Osten fliegen müssen, antwortete sein Flugzeug. Wir flogen aber über den atlantischen Ozean, nach Westen. Du hast nichts von Osten gesagt.

Ich weiß, murmelte der Mann, ich sagte südlich vom Kaukasus.

Genau das hast Du gesagt, meinte das kleine Flugzeug.

In der dritten Nacht wollte der Mann ganz sicher gehen, dass das eigensinnige Flugzeug sein Reiseziel erreichte. Also, sagte der Mann, Georgien liegt südlich vom Kaukasus, östlich vom Schwarzen Meer, westlich vom kaspischen Meer und nördlich von Persien.

Fein, antwortete das kleine Flugzeug, besser könnte man es wirklich nicht beschreiben. Wir starten. Wieder ging's durch die Stallfenster.

Mir geht es wie den Brieftauben, meinte die Rata, ich muss erst einige Runden kreisen, um die Richtung herauszufinden. Dabei kreiste das Flugzeug so lange bis dem Mann ganz schwindlig wurde.

Ach, seufzte er, was gäbe ich jetzt für einen Grusiniak. Nur an einem Glas Grusiniak zu schnuppern, wäre das halbe Paradies.

Was ist ein Grusiniak? fragte sein Flugzeug.

Das, antwortete der Mann, ist ein Getränk, das nur in Georgien aus georgischem Wein gemacht wird.

Ich kann Georgien nicht mehr hören! schrie die kleine Maschine.

Du bist zwar mutig, erwiderte der Mann, aber vor allem bist Du frech. Hätte ich Dich doch nur nicht Rata getauft.

Dazu ist es nun zu spät, ratterte die Rata, wir landen.

Was, so schnell? fragte der Mann.

Du hast wohl nicht bemerkt, dass Du die meiste Zeit geschlafen hast.

Tatsächlich, gab der Mann zu und gähnte, die letzten Nächte waren wohl ein bisschen zu anstrengend. Ich kann mich ja nicht tagsüber ausruhen, so wie Du.

Während sie immer tiefer flogen, es ging noch immer über Wasser und Wellen, die ihm ziemlich wild erschienen, fragte der Mann: Ist das das Schwarze Meer?

Stör mich jetzt nicht, ich muss landen, antwortete das Flugzeug.

Da erblickte der Mann schon die Küste und als er die Wipfel einiger Palmen erkannte, wurde ihm endlich froh zu Mute. Das könnte tatsächlich ein Teil von Georgien sein. Auf einer Lichtung kamen sie zu stehen. Der Pilot öffnete die Kanzel und stieg aus. Eine wunderbar weiche, feuchte und warme Luft umfing ihn. Vögel zwitscherten und es duftete nach Blumen und Gewürzen.

Wo sind wir denn hier, wollte der Mann wissen.

Ganz genau kann ich es nicht sagen, antwortete seine Maschine.

Östlich vom Schwarzen Meer? fragte der Mann.

Genauso bin ich geflogen!

Und südlich vom Kaukasus! wiederholte der Mann.

Richtig, südlich vom Kaukasus, genauso bin ich geflogen.

Und nördlich von Persien? fragte der Mann.

Die Rata schwieg.

Nördlich von Persien! sagte er noch einmal.

Das, sagte das kleine Flugzeug, kann nicht ganz stimmen.

Während es noch sprach, trat zwischen den Palmen eine Reihe Mädchen hervor. Die Mädchen sangen ein Lied, dessen Worte er nicht verstand aber dessen Melodien nach einer längst vergessenen Traummusik klangen. Die Mädchen trugen Kränze im Haar und um ihre im Tanz sich wiegenden Hüften.

Das ist nicht Georgien! rief der Mann, sie sind wunderschön, aber es sind keine georgischen Mädchen.

Georgien, Georgien, brummte das kleine Flugzeug. Du musst dein Leben genießen!

Das ist nicht mein Leben, antwortet der Mann und war wieder von seinem Heimweh erfüllt. Leben kann ich nur in Georgien. Komm, wir müssen fort!

Während sie zurückflogen, sagte die kleine Maschine: Eigentlich tust Du mir leid. Aber ich fliege doch so gerne.

Ist schon gut, antwortete er, ich habe Dich ja selbst gebaut. Wenn ich nur wüsste, wie ich Dir meinen Wunsch erklären kann.

Den ganzen Tag über musste der Georgier auf den Feldern schuften. Aber er war so von seiner Trauer und von seinen vergeblichen Versuchen erfüllt, dass er die Arbeit wie im Traum verrichtete. Weder spürte er die Schläge, die er erhielt, noch hörte er die Beschimpfungen. Abends sank er todmüde auf sein Lager.

Wach auf! befahl das kleine Flugzeug, wir fliegen.

Wohin denn? fragte er.

Nach Georgien, wohin denn sonst?

Für Dich, murmelte der Mann, ist überall Georgien.

Das könnte schon sein, sagte das kleine Flugzeug, während es durch das Stallfenster flog.

Für mich, sagte er, gibt es aber nur ein einziges Georgien.

Das könne sie sehr gut verstehen, sagte Rata und stieg und stieg.

Der Mann schloss traurig die Augen. Am liebsten hätte er geweint, aber so ganz wollte er die Hoffnung nicht aufgeben. Nach einer endlos langen Zeit sagte das Flugzeug: Wir landen.

Wir landen, seufzte der Mann.

Du musst die Augen öffnen, verlangte das Flugzeug.

Als er sie öffnete, war es so hell, dass er sie geblendet wieder schließen musste. Öffne die Augen, es wird schon gehen, mahnte die Rata.

Als er es ein zweites Mal versuchte, ging es tatsächlich etwas besser. Er sah, wie die kleine Maschine auf einer gleißend hellen Ebene niederging.

Was ist das für eine Wüste? fragte der Mann.

Gibt es in Georgien keine Wüsten? fragte sein Flugzeug.

Jedenfalls nicht solche. Ist das ein Gletscher?

Was ist ein Gletscher? fragte die Maschine.

Ein Gletscher besteht aus Eis, erklärte der Mann, aus glänzendem, blendendem Eis.

Hier gibt es kein Eis, sagte die Maschine.

Wir sind wieder nicht zuhause! schrie der Mann.

Ich denke, sagte das kleine Flugzeug, wir sind auf dem Mond.

So ein Unfug, widersprach der Georgier, und öffnete die Kanzel. Während er aus der Maschine sprang, rief das kleine Flugzeug:

Halt, hier gibt es auch keine Luft!

Ich kann doch sprechen!

Aber wie lange, gab das Flugzeug zu bedenken. Dabei startete es und begann den Mann zu umkreisen, damit er die Reste der Luft aus der Kanzel einatmen konnte.

Ich habe nachgedacht, sagte er mit schwächer werdender Stimme: Du musst dahin zurück, woher Du kamst.

In den Stall? fragte das kleine Flugzeug.

Nein, rief er verzweifelt. Stürz in mein Herz, dann wirst Du Georgien nicht verfehlen.

Als der Mann erwachte, wusste er im ersten Augenblick nicht, wo er sich befand. Er meinte noch zu sehen, wie das kleine Flugzeug auf ihn zuschoss. Aber dann hörte er Explosionen. Er stand auf und lief zum Stallfenster. Draußen brannte es. Da schlug der Georgier die Scheiben ein und sprang ins Freie.

●

Nun schwiegen alle. Abel ließ seinen Blick über die Gruppe wandern. Außer Tulla, die am weitesten entfernt saß, waren die, die sich inzwischen bekannt gemacht hatten, einander näher gerückt. Die junge Frau, der fahnenflüchtige Toni, Iwan, wie sie inzwischen den russischen Soldaten nannten, und Hadschi saßen nah beieinander. Jetzt betrachtete Abel diejenigen, die bisher noch nichts gesagt hatten. Einer von ihnen hatte den Kragen so hoch geschlagen, dass man von seinem Gesicht nichts erkennen konnte. Als er aber Abels Blick auf sich ruhen fühlte, hob er den Kopf und man sah, dass es ein Afrikaner war, der sein Gesicht bisher im Schatten des Kragens verborgen hatte. Er erwiderte Abels Blick, blieb aber stumm. Neben ihm hockte eine Frau, die ein grünes Stirnband trug und darüber einen weiten Schlapphut. Ihr Alter ließ sich schwer bestimmen. Abel, der in seinem Leben so vielen Menschen begegnet war, fühlte sich ihr gegenüber ein bisschen unsicher. Dennoch sprach er sie an: Wollen Sie uns nichts erzählen?

Hexen erzählen keine Märchen, antwortete sie.

Wollen Sie behaupten, dass Sie eine Hexe sind? fragte Hadschi.

Wollen Sie leugnen, dass Sie ein Zwerg sind? erwiderte sie.

Es gibt keine Hexen! behauptete der Junge.

Solange es Scheiterhaufen gibt, antwortete die Frau mit dem Schlapphut, und wandte sich ihm zu, solange gibt es auch Hexen. Und noch nie habe ich so schreckliche und viele Feuer wüten sehen wie hier und heute, mein Kleiner.

Darauf wollte keiner antworten.

An der anderen Seite Tullas saß auf einer Kiste jemand, der bisher zwar mitgeraucht, gegessen und getrunken hatte, aber jedem Wort und Blick ausgewichen war. Auch jetzt hielt er seine Augen zu Boden gesenkt. Abel hatte die verhüllte Figur bislang für eine Frau gehalten. Jetzt schlug die Gestalt den Schal zurück und das verwirrte Gesicht eines jungen Mannes wurde sichtbar, der wie gehetzt zu sprechen begann:

Alle sagen, ich bin es. Aber für Verrückte gibt's keinen Platz. Man könne sich nicht länger verstekken. Ich bin gelaufen. Ich will erzählen. Aber ich weiß nicht, ich…

Plötzlich erhob sich ein metallischer Ton, der langsam in einen Akkord überging.

Das Radio, rief der Junge.

Abel schüttelte den Kopf und wies auf Einen, der seine Kiste am weitesten vom Feuer aufgestellt hatte und mit dem Rücken an der Wand lehnte. In seinen Händen hielt er eine Mundharmonika, auf der er ein Kirchenlied zu spielen begann. Nach einer Weile summten Tulla und die junge Frau mit. Wie es schien, beruhigte die Musik den Verwirrten. Auch der Mundharmonikaspieler schien die Wirkung zu bemerken, denn kaum hatte er das Lied beendet, setzte er zu einer ebenfalls klagenden aber rhythmischen Musik an.

Der Afrikaner begann, sich hin und her zu wiegen.

Ein Blues, murmelte er.

Der Musikant hatte sich erhoben und machte einige tänzerische Schritte. Jetzt sah man, dass seine bodenlange Kleidung kein Mantel sondern eine Soutane war.

Ein Priester, sagte die junge Frau.

Toni fragte:

Was machen Sie denn hier, Hochwürden?

Dasselbe wie Du, mein Sohn, antwortete der Tanzende, ich verstecke mich. Genügt das als Antwort?

Wenn man nicht neugierig ist, erwiderte Abel an Tonis statt, gewiss.

Ich habe, zitierte der Geistliche, ohne seinen Tanz zu unterbrechen, ein bisschen wider den Stachel gelöckt.

Um sprechen zu können, musste er die Lippen von der Mundharmonika lösen, doch unterlegte er stattdessen die Melodie seiner Stimme, so dass die Musik nicht verstummte, sondern in einem eigentümlichen Singsang weiterlief.

Schön, brummte der Schwarze, bei uns gibt es viele singende Priester.

Bei uns? fragte Abel.

Bei uns in Amerika... lautete die Antwort, als sei es die selbstverständlichste Sache.

Amerika, sang der Priester, Amerika, ich weiß ein Märchen... Dabei setzte er sich und brachte die Melodie auf seinem Instrument zu Ende. Ohne das Einverständnis der anderen einzuholen, begann er zu erzählen.

Vom Teufel, der ins Museum wollte

Ein armer Teufel, der in einem fernen Land das Licht der Welt erblickte, hatte schon in seiner Jugend von einem Museum gehört, das ausschließlich Teufel und Teufelswerk gewidmet war. Seitdem er von diesem Museum wusste, war sein ganzes Trachten darauf gerichtet, eines Tages auch dort zu stehen. Dabei war es ihm völlig gleichgültig, ob es die Anzahl der Missetaten war, die einem die Ehre verschaffte, ausgestopft und in einer Vitrine ausgestellt zu werden, oder eine besonders satanische Erscheinung.

Da es sich bei ihm um einen schlauen Teufel handelte, konnte er sich vorstellen, dass er nicht der einzige seiner Art war, den es dorthin zog. Er musste sich also etwas ausdenken, was ihn von seinesgleichen unterschied und dieser Auszeichnung würdig machte.

Nun gibt es von Geburt an große Teufel, von Luzifer, dem Erzteufel, ganz zu schweigen. Unser Teufel war genau einen Fuß lang und hatte eine sichtbar kürzere Spannweite. Langstreckenflüge waren also nicht seine Sache und das Museum, nach dem er sich sehnte, war entsetzlich weit entfernt. Um genau zu sein, es befand sich in einer litauischen Stadt namens Kaunas, von der er nie etwas gehört hätte, hätte es dort nicht dieses einzigartige Museum gegeben.

Hinzu kam, dass dieser kleine Satan in Mexiko erzeugt worden war, einem Land, dessen Bewohnern die natürlichen Teufel bei weitem nicht genügten, sondern die sowohl zu bestimmten Festtagen als auch zwischendurch zu ihrem Vergnügen Teufel produzierten: aus Papier, aus Blech, aus Pappmaschee, ja, sogar aus Kuchenteig.

Der Teufel, von dem hier die Rede ist, war von metallischer Härte. Er hatte einen aus Draht geflochtenen, spindelförmigen Körper, der in einen langen, gewundenen Schwanz auslief. Er stand auf zwei drahtigen Beinen, die allerdings nicht, wie bei gemeinen Teufeln, als Bockshufen endeten. Nein, er hatte die Füße eines Lemurenäffchens, dessen lange Zehen in kleinen Saugnäpfen endeten; damit konnte er an den Wänden aufwärts laufen.

Natürlich hatte der Teufel auch lange, spitze Ohren und Hörner, die sich links und rechts aus seinen Schläfen wanden, dazu zwei gelbschwarze Augen und einen großen Mund, aus dem eine gespaltene Zunge hervorschoss, die nicht, wie bei den Schlangen, in zwei Spitzen auslief, sondern genau umgekehrt aus zwei Wurzeln erwuchs, die erst außerhalb des Rachens zusammenfanden. Sein Körper leuchtete von innen her knallgelb, eine Farbe, die nach außen hin in glühendes Rot überging. Die Flügel waren Schwarz-Grün und besaßen an ihren dornigen Kanten rote Spitzen.

Lange hatte der Teufel nachgedacht, sich in Beredsamkeit geübt und alle möglichen Gesten und

Posen einstudiert und dabei nicht das Treiben seiner erfolgreicheren Verwandtschaft aus den Augen gelassen: da wurden fleißig Unschuldige verführt, Reichtümer gegen das Seelenheil eingetauscht, böse Buben brachte man auf dumme Gedanken und törichte Jungfrauen wurden darüber belehrt, wie viel leichter es sich neben dem schmalen Pfad der Tugend wandeln ließ.

Anfangs versuchte der Teufel, mit seiner Verwandtschaft mitzuhalten. Es gelang ihm, einer nicht ganz ehrlichen Straßenhändlerin ein Gerstenkorn anzudrehen. Einem bestechlichen Polizisten verwandelte er den Gummiknüppel in Watte. Das waren für lange Zeit seine einzigen Erfolge, denn an die großen Sünder ließ man ihn nicht heran; weder durfte er Beamten die weiße Weste trüben, noch Geschäftsleute in Versuchung führen, ihre Waren zum Hundertfachen des Werts zu verkaufen; denn das Recht, große Übel zu verbreiten und danach die Übeltäter zu züchtigen, hatten die Oberteufel längst unter sich aufgeteilt. Und das einzige Mal, als ihm ein wirklich böser Streich zu gelingen schien, wurde er von seinen Kollegen nur ausgelacht. Als er nämlich einem Geldverleiher einzuflüstern versuchte, Wucherzinsen zu nehmen, musste er erfahren, dass die Regierung selbst Wucherzinsen verordnete.

Doch er gab nicht auf. Sein Wunsch, in das ferne Museum zu kommen, war so groß, dass er sich auf seinen Lieblingsplatz zurückzog, auf eine im Laufe der Jahrhunderte langsam im Boden versinkende Kirche, um ernsthaft darüber nachzudenken, was die größtmögliche Teufelei überhaupt sein könnte. Und eines Tages hatte er den richtigen Einfall. Es müsste eine gute Tat sein, die in böser Absicht ausgeführt wurde.

Darüber war er höllisch froh. Heimlich lachte er jetzt über die Teufel, die ohne viel nachzudenken immer nur Übles im Sinn hatten. Selbst wenn es ihnen gelang, einen Minister straucheln zu lassen, griffen sie zu derart einfältigen Mitteln, dass hinterher der Gestürzte aller Welt leid tat und die Leute sich höchstens fragten, wie der Narr es geschafft hatte, überhaupt ein so hohes Amt zu erreichen.

Freilich, was dieser Teufel vorhatte, war leichter gesagt als getan. Wer glaubte ihm denn schon, dass er Gutes tun wollte, wenn er mit funkensprühenden Augen, einem glühenden Bauch und mit leichtem Schwefelgeruch etwa neben einem alten Mütterchen her flatterte und anbot, es über die Straße zu geleiten? Und er sah ja nicht nur wie der Leibhaftige aus, er war's. Und das Mütterchen schlug ein Kreuz und begann zu kreischen und fiel schließlich in Ohnmacht – und das in Mexiko, wo jedermann an den Anblick von Teufeln gewöhnt ist.

Was nun? sprach er zu sich und floh zurück auf seinen Lieblingsplatz. Selbst wenn er es schaffen sollte, ein Mütterchen über die Straße zu führen, um ihm dann ein Bein zu stellen, das war doch nicht besser als das, was die Oberen trieben. Außerdem, dachte er, wird es mir nie gelingen, etwas Gutes zu tun, wenn ich gleich an ein böses Ende denke. Erst muss ich lernen, gut zu sein. Böses tun kann ich dann immer noch. Jetzt wurde dem armen Teufel klar, was für eine Aufgabe er sich vorgenommen hatte.

Schon am ersten Abend bekam er einen Tritt, weil er versucht hatte, einem Wagen einen Pflasterstein aus dem Weg zu räumen. Ein Polizist, der daherkam, meinte, dass der Teufel den Stein vor die Räder werfen wollte und trat nach ihm, ohne auch nur im Geringsten über die wahren Absichten des Teufels nachzudenken. Und einem wütenden Bettler konnte er gerade noch mit knapper Not entkommen, weil er eine Münze, die daneben gefallen war, aufheben und in dessen Hut werfen wollte. Der arme Teufel musste sich als Dieb beschimpfen lassen und froh sein, nicht verprügelt zu werden.

Doch es kam schlimmer. Langsam sprach es sich nämlich unter den anderen Teufeln herum, dass einer von ihnen auf Abwege geraten war. Seine ehemaligen Freunde begannen, ihn misstrauisch zu beäugen, sich von ihm zurückzuziehen und schließlich wurde er von einem besonders bösen Onkel verwarnt, dass er damit rechnen könne, ins Paradies zu kommen, wenn er nicht schleunigst mit den guten Werken aufhöre. Der arme Deibel bekam, was er früher nie für möglich gehal-

ten hätte, ein gutes Gewissen, das ihn unaufhörlich
plagte, weil er doch niemandem verraten durfte,
dass er nur scheinbar gut war, um eines Tages umso böser werden zu können.

Jedoch sein Ehrgeiz war größer als alle Anfein-
dungen. Täglich beging er wenigstens eine gute
Tat und nahm es in Kauf, von Polizisten gejagt,
von seinesgleichen verprügelt und von denen, denen er Gutes erwiesen hatte, mit Mottenkugeln
und anderen Insektenvertilgungsmitteln verfolgt
zu werden.

Lange, lange Zeit hatte er die Hölle auf Erden.
Manchmal konnte er seine Einsamkeit nicht mehr
ertragen; die Last, missverstanden zu werden,
schien ihm zu schwer. Dann trank er einen über
den Durst und landete prompt in der Gosse. Da
lag er dann, unfähig zu laufen, geschweige denn
zu fliegen. Sein glühender Körper zischte im Rinnstein und zu den üblichen Schwefeldämpfen ge-
sellte sich ein unverkennbarer Schnapsgeruch.

So fand ihn eines Tages ein Pfarrer, der keine
Vorurteile gegen Teufel hatte. Er fischte den Be-
sinnungslosen aus dem Rinnstein und trug ihn in
seiner Soutane nach Hause. Dort ließ er den Gott-
seibeiuns in seinem Studierzimmer den Rausch
ausschlafen. Wie erstaunt war aber der Pfarrer, als
er einige Stunden später den armen Teufel dabei
überraschte, wie er völlig vertieft in einem erbauli-
chen Buch las. Der Pfarrer schwieg, der Vorfall
könnte ja teuflisches Blendwerk sein. Er beschloss

aber, seinen Gast sorgfältig zu beobachten, der zwar weiterhin wie die Pest stank, aber wenigstens das Trinken ließ. Den gefüllten Klingelbeutel, den der Geistliche wie unbeabsichtigt vergaß, rührte der Teufel nicht an. Der Haushälterin des Pfarrers, die zunächst die Hände über dem Kopf zusammengeschlagen hatte, wurde er bald unentbehrlich: er half ihr beim Gemüse putzen, beim Ausnehmen der Hühner, beim Fegen und, besonders geschickt, beim Feuer machen. Eines Tages beschloss der Pfarrer, ihn in die Sonntagsschule mitzunehmen. Der Teufel musste zwar in der hintersten Reihe sitzen, aber danach durfte er die kleinsten Kinder und die, die den längsten Heimweg hatten, nach Hause begleiten. Hin ging es zwar langsam, aber dann flog er wie ein brennender und kreischender Spatz zur Pfarrei zurück. Langsam gewann der Pastor Vertrauen zu seinem neuen Hausbewohner, der nun nach der Predigt die Kollekte einsammeln durfte. Als aber der arme Teufel anlässlich einer Beerdigung, vor den Augen der trauernden Hinterbliebenen, in einem schrecklichen Zweikampf einen anderen Teufel vertrieb, der sich die Seele des Verblichenen holen wollte, wurde die Pfarrei auf einen Schlag im ganzen Land bekannt.

Der Pfarrer musste zur Audienz bei seinem Bischof erscheinen und über die merkwürdigen Vorgänge in seiner Gemeinde berichten. Da sich nur Gutes sagen ließ, wurde der Bischof neugierig. Ihm schien zwar unmöglich, den armen Teufel zu sich zu bestellen, aber er kam unangemeldet in die Pfarrei. Der Teufel war gerade dabei, indem er wie ein Irrwisch auf und nieder flog, die hohen Kirchenfenster zu putzen.

Gott sei bei uns, murmelte der Bischof und als der Pfarrer fragte, ob er zu viel versprochen habe, konnte der Bischof nur den Kopf schütteln. Das, sagte er, müsse der Kardinal erfahren.

Der arme Teufel erhielt den Beinamen der Gute und wurde immer berühmter. Selbstredend durfte er sich in der Hölle nicht mehr sehen lassen. Aber als der Papst ins Land kam, sollte ihm der arme Teufel vorgestellt werden.

Nun ist zwar aller Welt bekannt, dass der Heilige Vater gerne reist, aber es gibt Länder, die ihn lieber sehen als andere. Die Litauer waren ein besonders schwieriges Kapitel. Und kein Mensch wusste, und schon gar nicht der Teufel, dass der Papst seit langem nach einem Botschafter Ausschau hielt, der den Litauern genehm sein würde. So ruhte sein Auge wohlgefällig auf dem armen Teufel und er beschloss, ihn zunächst nach Rom mitzunehmen. Zwar rümpften einige aus der Begleitung des Papstes die Nase, doch da der arme Teufel, von seiner Erscheinung und seinem Geruch einmal abgesehen, das bescheidenste und liebenswürdigste Wesen an den Tag legte und sich, erwiesenermaßen, in seinen Kreisen unmöglich gemacht hatte, war gegen den Entschluss des Heiligen Vaters nichts Ernsthaftes einzuwenden.

Und als der arme Teufel eines Tages gefragt wurde, ob er es sich zutraue, den Papst im Litauischen zu vertreten, war er so bewegt, dass ihm feurige Tränen über die Wangen liefen. Nur eines wollte er erbitten: seine Residenz sollte in Kaunas liegen.

Das ließ sich einrichten. An einem Hang, der es erlaubte, die ganze Stadt mit dem Fluss, den Ministerien und Märkten zu überschauen, wurde eine Botschaft eingerichtet. Vom Balkon aus konnte er im Schwebeflug die Basilika und Kirchen erreichen und stellvertretend das tun, was dem Pontifex verwehrt war.

Wie überrascht und überwältigt war der arme Teufel aber, als er in Kaunas eintraf. Solch einen Botschafter hatte der Vatikan noch nie geschickt. Der Empfang war überwältigend. Fahnen, in gelb, grün, rot, und Kirchenbanner waren das Erste, was er sah. Und dann diese Menschenmenge! Alle drängten sich, ihn zu begrüßen: einen Teufel mit einem goldenen Kreuz auf der Brust, das hatte es noch nie gegeben. In einem Triumphzug wurde er zu seiner Botschaft geleitet.

Ja, dachte der Gefeierte, jetzt endlich habe ich erreicht, was ich wollte. Und sein Gedächtnis fügte hinzu, dass es nun höchste Zeit sei, etwas abgrundtief Böses zu tun, um seinen Ruf unter Seinesgleichen wieder herzustellen und, wenn irgend möglich, Luzifer zu übertreffen.

Zugegeben, sagte sich der Teufel, ein verlockender Gedanke. Aber habe ich dafür geschuftet, arme Seelen gerettet, Kirchenfenster geputzt, täglich meine wahre Natur verleugnet, um jetzt einer Versuchung nachzugeben? Vielleicht gar meinen Anspruch auf einen Platz im Teufelsmuseum zu verlieren? Nein, das ist es nicht wert. Wenn ich weiterhin Gutes tue, muss es genügen, innerlich böse zu sein.

So wurde er nicht nur beim Volk, sondern auch bei Kirche und Obrigkeit dermaßen beliebt, bewundert und verehrt, dass sich keiner von ihm trennen wollte – auch dann nicht, als der arme Teufel von höchster Stelle abberufen wurde. Man kann ihn noch heute im Teufelsmuseum besichtigen.

•

Der Junge klatschte Beifall.

Ach, seufzte Tulla, ich habe in meinem Leben so viele Märchen erzählt, dass ich manchmal kaum unterscheiden kann, was Wahrheit ist und was Märchen.

Womit Sie sicher nicht sagen wollen, fragte Hadschi, der Sensationsdarsteller, dass Sie jemals erlebt haben, dass Märchen wahr werden?

Ich weiß nicht, antwortete sie mit kaum verständlicher Stimme, ich weiß nicht. Unsere Gefährtin hier, die mit dem Schlapphut... Wenn es wahr ist, was sie sagt, ich meine, dass sie eine Hexe ist... Ist sie dann nicht selbst Teil eines Märchens?

In Wirklichkeit gibt es keine Hexen, ich bitte Sie, erwiderte er, würden wir uns sonst Märchen erzählen?

Erzählen wir uns denn Märchen, fragte sie dagegen, oder trösten wir uns über die Umstände, unter denen wir zu leben gezwungen sind, mit einer anderen Welt hinweg?

Wäre das nicht Selbstbetrug? wandte Hadschi ein.

Dazu könnte ich mehrerlei sagen: Tatsächlich sind wir ja auf der Flucht, weil wir dem Geschehen da draußen ausgeliefert sind, hilfloser als Kinder. Andererseits sind wir erwachsen, wie es dieser Junge auch bald sein wird, darum nennen wir die schönere Wirklichkeit Märchen, zumindest ich tue es für mich, um die beiden Wirklichkeiten voneinander zu unterscheiden. Ich vergesse nicht den Krieg und ich erinnere mich des Märchens.

Als nächstes werden Sie behaupten, sagte Hadschi, dass das eine vom anderen abhängt.

Jedenfalls würde mir eine derartige Behauptung nicht nur Zustimmung einbringen, antwortete sie. Aber spielt das eine Rolle? Ließen sich die Kriege wegzaubern, dann sicherlich auch die Märchen.

Nein, sagte plötzlich die Frau, die sich selbst eine Hexe genannt hatte, dem kann ich nie und nimmer zustimmen. Entschuldigen Sie bitte, das ist mir so herausgerutscht.

Nicht doch, wandte sich der alte Abel an die Hexe, wir sind dankbar für alles, was Sie sagen. Auch ich bin nicht Tullas Meinung, aber der Wirkung ihres Märchens vom Frieden konnte ich mich nicht entziehen.

Ein trauriges, ein todtrauriges Märchen war das, stimmte die Hexe zu.

Aber, gab Tulla zu bedenken, wenn wir es als Märchen annehmen, macht es dann das Leben nicht ein bisschen leichter?

Der alte Abel wiegte den Kopf.

Niemals, sagte Hadschi.

Sie selbst haben uns vorgespiegelt, größer zu sein als sie es tatsächlich sind, meinte die junge Frau, die Hadschi eine Zigeunerin genannt hatte.

Aber das ist doch nur natürlich, erwiderte der Zwerg.

Davon spreche ich auch, sagte Tulla, genauso natürlich wie die Märchen.

Wohin soll das führen, fragte der Priester, müssten wir nicht wirklich langsam herausfinden, was es mit der Wirklichkeit da draußen auf sich hat?

Darüber kam es fast zum Streit. Die junge Frau war strikt dagegen. Hadschi schwankte. Der Russe wollte noch abwarten, genauso wie der Verwundete. Tulla mahnte zur Geduld. Der Junge war besonnener als es seinem Alter entsprach, aber der offensichtlich verwirrte junge Mann sprang auf, lief zur Treppe und wieder zurück, so dass schließlich Abel vorschlug, eine Ruhepause einzulegen und erst danach eine Erkundung der Außenwelt zu wagen – nachdem jeder der Anwesenden seine Geschichte erzählt habe. Dazu nickten alle.

Während die Flüchtlinge es sich bequem zu machen versuchten – die meisten, indem sie sich auf den Boden setzten, die Füße zum Feuer hin streckten und ihre Kisten als Rückenlehnen benutzten – begann wieder das Radio zu spielen.

Diesmal ist es aber das Radio, sagte der Junge und blickte den Priester an.

Zweifellos, erwiderte der, Bachsche Inventionen.

Als diese Musik verstummte, erklang Orgelmusik. Es war, als ob ein Meister seines Fachs auf einem barocken Instrument sein musikalisches Märchen erzähle. Der Russe und Toni rauchten. Abel wurden die Augen nass.

Vielleicht, sagte er nach dem Konzert, vielleicht wird doch noch alles gut.

Soweit überhaupt noch etwas gut werden kann,

antwortete Tulla.

Wer ist denn mit dem Erzählen an der Reihe? fragte der Junge.

Wir wollten doch erst eine Ruhepause einlegen, mahnte die junge Frau.

Hadschi schnarcht, sagte der Junge und grinste.

Etwas Schlaf würde Dir auch nicht schaden, meinte sie.

Ich habe schon geschlafen, widersprach er.

Versuch es trotzdem, kannst Dich an mich lehnen.

Einen Moment machte der Junge eine Grimasse, dann verließ er seinen Platz neben Abel und ließ es auch zu, dass die junge Frau ihren Arm um ihn legte, als er sich an ihre Seite setzte. Bald war der Kleine eingenickt. Außer dem Knistern des Feuers, dem leisen Schnarchen Hadschis und dem Atem der Schlafenden war lange Zeit nichts zu hören.

Die alte Tulla hielt aber ihre Augen offen. Auch die Hexe wirkte hellwach; schließlich sagte die junge Frau:

Ich kann nicht schlafen.

Ich auch nicht, antworteten Tulla und die Hexe wie aus einem Munde, und die Hexe fuhr fort:

Ich kann keine Märchen erzählen. Dafür bin ich zu oft gestorben. Aber wenn Ihr eine wahre Geschichte hören wollt…

Tulla und die junge Frau nickten.

Flüsternd, um die anderen nicht zu wecken, begann die Hexe.

Der Drachen, die Jungfer und das Ei

Auf einer Insel lebte ein Mädchen, das hübsche und lange Beine hatte. Am liebsten wäre es Tänzerin geworden, doch weil es größer war als die meisten Töchter des Landes, konnte daraus nichts werden. So beschloss es, wenigstens eine gute Partie zu machen. Da die Insel von einem König regiert wurde, war nicht auszuschließen, so dachte das Mädchen, dass es auch einen Prinzen heiraten könnte, mindestens aber einen Grafen oder Herzog. Nachdem es diesen Entschluss gefasst hatte, wies es alle anderen Heiratskandidaten ab. Weder schöne Lehrer noch reiche Ärzte, weder Herren vom Landadel noch fahrende Ritter hatten bei ihm Glück.

Bei einem Tanzvergnügen sah der Sohn des Königs das Mädchen; es tanzte selbstvergessen vor sich hin.

Wer ist das? fragte der Prinz seine Begleiter.

Oh, das ist die langbeinige Jungfer, wurde ihm geantwortet, die tanzt nicht mit jedem.

Das, sagte der Prinz, der sich sofort verliebt hatte, kann ich verstehen. Aber ich will es wenigstens versuchen.

Tatsächlich gewährte das Mädchen dem Prinzen nicht nur einen Tanz. Beide tanzten die Nacht durch und als sie sich morgens trennen mussten, rief der Prinz sofort nach seinem besten Schneider, der je einen langen goldenen und silbernen Strumpf anfertigen musste. Am gleichen Tag noch wurden die Strümpfe dem Mädchen gebracht, das sie sofort anzog und damit zum nächsten Tanzvergnügen lief, wo es schon erwartet wurde. Beide waren bald unzertrennlich und tanzten nicht nur durch die Nächte. So manchen Tag lang mussten die besten Kapellen aufspielen – sei es auf den Wiesen des Landes, im Schlosspark oder auf den Marktplätzen der Städte, es wurde zu allen Möglichkeiten getanzt, bis es dem König zu viel wurde und er seinem Sohn riet, zur Sache zu kommen. So wurde bald öffentlich bekannt gemacht, dass demnächst mit einer Verlobung der beiden zu rechnen sei.

Nun lebte seit Generationen ein Drachen im Lande, der auf einem kreisrunden und überkirchturmhohen Felsen, der sich genau aus der Mitte der Insel erhob, seinen Horst hatte. Allerdings wusste keiner der Insulaner so recht, was es mit dem Drachen für eine Bewandtnis hatte, der sich seinerseits auch wenig um die Bevölkerung kümmerte. Lediglich bei schlechtem Wetter flog er einige Runden um seinen Felsenturm, wobei er Feuer spie und donnernde Geräusche von sich gab. Sonst war lediglich überliefert, dass so ein Drache alle fünfhundert Jahre ein Ei lege, auf dem er täglich mehrere Stunden verbringe. War sein Junges geschlüpft, erhielt es täglich einen großen Fisch und war es flügge, verschwand der alte Drachen übers Meer. Aber auch das wusste man nur vom Hörensagen. Natürlich behaupteten einige Leute, der Drachen lege goldene Eier, weil sie Ähnliches von einer Gans gehört hatten. Doch erwiesen war gar nichts, denn niemand hatte es je gewagt, den Felsen zu besteigen; es wäre auch nicht möglich gewesen, so schroff und glatt waren seine Wände.

In der letzten Zeit wollten allerdings einige Inselbewohner den Drachen gesehen haben, wie er in großer Höhe über den Plätzen kreiste, auf denen der Prinz und die Jungfer tanzten. Einige alte Frauen meinten sogar, er sei durch das Glitzern aufgestöbert worden, das die gold-und silberbestrumpften Beine des Mädchens bewirkten, wenn es mit dem Prinzen über die Tanzfläche wirbelte; vor allem die neumodische Sitte, die der Prinz nur zu gerne mitmachte, indem er sich beim Tanzen die Jungfer über die Schulter warf, wobei ihre Beine im Sonnenlicht wie ein feuriges Rad glänzten, könnten den alten Drachen um den Verstand gebracht haben.

Vermutlich war es auch so, denn mitten in der Verlobungsfeier, die auf dem Schlossplatz abgehalten wurde, erschien donnernd und Feuer speiend der Drachen. Wie erstarrt saßen alle da, als er in einer Staubwolke mitten auf dem Platz landete. Aus solcher Nähe hatte noch niemand das Ungeheuer gesehen. Selbst mit zusammengefalteten

Flügeln hatte es die Größe eines Lastwagens. Der Drachen war so schwer, dass seine Krallen tief in den gepflasterten Schlosshof einsanken, als er langsam auf die Verlobungsgesellschaft zu marschierte. Mit seiner Krokodilschnauze packte er die Jungfer bei den Röcken und erhob sich mit ihr in die Luft. Noch lange konnte man ihre Beine glitzern sehen.

Der Prinz, der in seinem ersten Schmerz über die Trennung nach Pferd und Rüstung gerufen hatte, musste bald unverrichteter Dinge zurückkehren. Auch wenn die alten Frauen darauf bestanden, dass es vornehmste Aufgabe eines Königssohns sei, Drachen zu töten und Jungfern zu retten, war das doch leichter gesagt als getan. Wie sich bald herausstellte, reichte nicht einmal die Stimmgewalt eines Kirchenchores aus, dem Drachen die Forderung des Prinzen zu übermitteln.

Kommt der Drachen nicht zu Dir, sagte der weise König, musst Du zum Drachen.

Und wie soll das angehen? fragte sein Sohn. Selbst wenn ich Pferd und Rüstung unten lasse und nur mein Schwert mitnehme, komme ich da nicht hinauf.

Darüber habe ich schon nachgedacht, antwortete sein Vater: wir müssen ein Gerüst bauen.

Ein Gerüst, rief der Prinz, wir wissen nicht einmal, wie hoch dieser Felsen ist. Ich lasse Hoftrauer ausrufen!

Das wurde bereits veranlasst, sagte der König.

Bis die Jungfer gerettet ist, ruhen alle Tanzveranstaltungen. Und was die Höhe des Drachenhorstes betrifft, tja – und da kratzte sich der König hinterm Ohr – da müsse man die Landvermesser fragen.

Nun wurden die Landvermesser einberufen. Sie machten ernste Gesichter und erbaten eine Woche Bedenkzeit. Als sie wiederkamen, hatten sie den ältesten Landvermesser zu ihrem Sprecher gewählt.

Es sei so, meinte der, dass man seit Menschengedenken nur Felder und Wege und Äcker vermessen habe, deswegen heiße man ja auch Landvermesser und nicht Felsvermesser.

Mit anderen Worten, sagte der König, Ihr wisst noch immer nicht, wie hoch der Drachenfelsen ist.

Nein, Majestät, antwortete der älteste Landvermesser, zu unserem größten Bedauern…

Da er ein weiser König war, wusste er, dass bei solchen Gelegenheiten ein königlicher Wutausbruch nichts helfen würde.

Dann kommt mal mit, sagte der König.

Er ließ seine Kutsche vorfahren, nahm Platz und ließ die Landvermesser folgen. Es wurde ein langer Marsch, bis der König dicht vor dem Felsen halten ließ. Dort befahl er den Herren, sich mit dem Gesicht zum Felsen auf den Rücken zu legen.

Und jetzt stellt Euch vor, befahl er, Ihr würdet stehen; dann, so müsst ihr zugeben, liegt der Felsen ja vor Euren Nasen und es müsste Euch leicht fallen, seine Länge zu vermessen.

Ja, wenn man es so sehe, meinte der älteste

Landvermesser, und erbat eine weitere Woche Bedenkzeit, dann könne es eventuell gehen.

Die Rechenkunst nahm einen ungeheuren Aufschwung, als es gelang, die Höhe des Felsens zu bestimmen und der König hatte alle Mühe, die Landvermesser davon abzuhalten, als nächstes die Entfernung zur Sonne zu ermitteln. Ihre Aufgabe bestehe nunmehr darin, ein Gerüst von fünffacher Kirchturmhöhe zu berechnen, das es dem Prinzen ermöglichen werde, den Felsen zu besteigen, den Drachen zu töten und die Jungfer herunterzubringen.

Das dauerte weitere Wochen. Als der Plan gezeichnet war, stellte sich heraus, dass es auf der Insel nie und nimmer genug Bauholz gab, um ein derartiges Gerüst zu errichten. Der Prinz wollte schon verzweifeln aber der König wusste Rat. Er befahl den Kapitänen seiner Handelsflotte, Zedern und Fichten aus aller Herren Länder einzuführen.

Fast ein Jahr lang wurde an dem Gerüst gebaut: es musste ja nicht nur den Prinz in seiner Rüstung einschließlich der Jungfer tragen, sondern auch Stürmen trotzen. Ein ganzer Trupp von Landvermessern und Zimmerleuten war damit beschäftigt, das Holz zuzusägen, die einzelnen Teile miteinander zu verbinden und zu einem besteigbaren Turm zusammenzubauen. Doch eines Tages war alles fertig. Der Prinz machte sich daran, dass schier endlose Gestänge zu erklimmen.

Damit er beweglich blieb, hatte sein Vater geraten, nur eine leichte Rüstung anzulegen. Dafür wog sein Schwert, das seit Jahrzehnten nicht mehr benutzt worden war, umso mehr. Kurz bevor er die letzten Stufen erreichte, machte er eine Pause; er wollte ja ausgeruht dem Drachen entgegentreten. Zum ersten Mal blickte er dabei nach unten. Unendlich fern erschienen ihm die Menschen. Kein Laut drang von der Menge nach oben. Schließlich fasste er sich ein Herz, ergriff sein Schwert mit beiden Händen und, erfrischt wie er war, nahm er die letzten Stufen mit einem Satz.

Kaum stand der Prinz auf dem Felsplateau, erschrak er fast zu Tode. Groß wie ein Lastwagen, so dass man zwischen den Knochen wie durch ein Tor gehen konnte, stand vor ihm das Gerippe des Drachens. Maul und Schädel des ausgebleichten Ungeheuers waren mit den silbernen und goldenen Strümpfen der Jungfer umwickelt.

Nun begann der Prinz, nach dem Mädchen zu suchen. In einiger Entfernung, in der Mitte der felsigen Ebene, entdeckte er eine Mulde und darin ein Zelt aus den ledernen Drachenflügeln. Als er nach der Jungfer rief, antwortete sie, er solle eintreten.

Auf einem kugelrunden Ei, groß wie ein Tisch, saß die Jungfer mit nackten Beinen und brütete.

Schön, dass Ihr kommt, mein Prinz, es wurde auch langsam Zeit.

Als der Prinz auf sie zustürzen wollte, um ihr

herab zu helfen, schüttelte sie den Kopf: täglich drei Stunden sitze sie auf dem Ei.

Und was ist mit dem Drachen, da draußen? fragte der Königssohn.

Den habe ich gegessen, antwortete sie.

Den ganzen Drachen? wollte er wissen und wich einige Schritte zurück.

Natürlich nicht auf einmal, sagte sie, fast ein Jahr bin ich hier.

Als sie seine Miene sah, fuhr sie fort: von etwas musste ich doch leben. Außerdem hatten wir uns nicht viel zu sagen.

Was heißt das, wollte der Prinz wissen, wir hatten uns nicht viel zu sagen?

Nun ja, erklärte sie geduldig, es war ein sehr alter Drachen. Eigentlich wollte er nur, dass ich für ihn tanzte und nur der Ordnung halber wollte er mich auch heiraten.

Ich denke, sagte der Prinz, ich höre nicht recht. Was meinst Du mit „der Ordnung halber"?

Ich meine gar nichts. Er wollte mich heiraten. Er dachte, es gehöre sich so.

Und, fragte der Prinz, hast Du ihn nun geheiratet?

Natürlich nicht. Säße ich sonst hier auf dem Ei und habt Ihr nicht selbst das Gerippe gesehen?

Gedankenverloren nickte der Königssohn.

Ihr könnt Euch dort auf den Schemel setzen, sagte die Jungfer. Ich habe ihn aus einem Hinterfuß gemacht.

Noch immer in Gedanken versunken, nahm der Prinz Platz.

Danke, meinte er schließlich, könnte ich nun die ganze Geschichte erfahren?

Aber gerne, mein Prinz, antwortete sie und begann zu erzählen:

Als der Drachen sie packte, sei sie so erschrocken gewesen, dass es ihr die Stimme verschlug. Stumm und wie gelähmt habe sie sich in diese Einsiedelei verschleppen lassen. Und kaum, dass sie sich etwas erholt hatte, habe der Drache „hopp" gesagt.

Hopp? fragte der Königssohn.

Genau, antwortete die Jungfer, "hopp, hopp". Und dann habe er mal das linke und mal das rechte Vorderbein angehoben. Und als sie immer noch nicht verstand, habe er verlangt, sie solle tanzen. Und dabei habe er leise geschnaubt, so dass aus seinen Nasenlöchern kleine Flammen schossen und die Luft zu knistern begann.

Furchtbar, murmelte der Prinz.

So schlimm sei das nicht gewesen. Sie habe also getanzt. Den ganzen Nachmittag. Das habe dem Drachen gut gefallen. Schließlich habe er mitzutanzen versucht.

Furchtbar, wiederholte der Prinz.

Jedenfalls wurde er plötzlich müde und führte mich zu der Mulde, wo das Ei lag. Das nahm er unter einen Flügel. Ich musste unter den anderen kriechen. Ich habe gar nicht so schlecht geschlafen. Als ich am nächsten Morgen erwachte, kam der

Drachen schon von der Jagd. Er selbst, sagte er, habe bereits unterwegs gespeist. Mir brachte er einen Fisch, den er mit einer Kralle schlitzte und ausnahm. Dann hauchte er den Fisch mit seinem Feueratem an und ich hatte mein Frühstück. Dann musste ich wieder tanzen.

Du Ärmste, sagte der Prinz, was hast Du alles mitgemacht.

Das ging ja noch. Aber als er mich heiraten wollte, bekam ich es mit der Angst. Den ganzen Nachmittag habe ich getanzt, um ihn auf andere Gedanken zu bringen. Abends war der Drache vom Zuschauen allein so erschöpft, dass er mich auf den nächsten Tag vertröstete: dann sollte endgültig Hochzeit sein.

Nachts, als er schlief, kroch ich unter seinem Flügel hervor und band ihm mit meinen Strümpfen Maul und Nasenlöcher zu. Und oben machte ich drei dicke Knoten. Als der Alte erwachte, war es für ihn zu spät.

Die Schande, presste er zwischen den Kiefern hervor, wolle er nicht überleben. Noch nie sei ein Drache von einer Frau besiegt worden. Jetzt könne er sich nur noch in die Tiefe stürzen. Schließlich musste ich ihm versprechen, das Ei auszubrüten. Es werde nicht lange dauern und es solle mein Schaden nicht sein.

Ich war so gerührt, dass ich alles versprochen hätte. Halb erstickt schleppte sich der Drachen zum Abgrund. Doch kurz davor verließen ihn seine Kräfte. Eine letzte Träne lief ihm aus dem bre-

chenden Auge und brannte ein tiefes Loch in den
Fels.

Entsetzlich, sagte der Prinz, und dann?

Dann gab es viel zu tun. Mit einer seiner eigenen Krallen habe ich sein Fleisch in Streifen ge-
schnitten und zum Trocknen in die Sonne gelegt.
Und aus seinen Flügeln habe ich das Zelt gebaut –
für das Ei und für mich. Aber langsam, sagte die
Jungfer und brach in Tränen aus, ging das Fleisch
zu Ende. Ich habe einen furchtbaren Hunger!

Und wovon hättest Du gelebt, fragte der Prinz,
wenn er sich in den Abgrund gestürzt hätte?

Dann, antwortete die Jungfer, hätte ich sein Ei
ausgetrunken. Jeden Tag einen Schluck.

Entsetzlich, wiederholte der Prinz.

Ich habe Hunger, erinnerte ihn die Jungfer.

Mit einem Brief, den er mit einem Stein be-
schwerte und hinunterwarf, berichtete der Prinz
seinem Vater von der glücklichen Rettung und bat,
ihnen täglich Essen und Trinken zu schicken und
später, sobald das Drachenjunge geschlüpft sei,
zusätzlich einen Fisch.

So ging das neunhundertneunundneunzigste
Jahr ins Land und eines Tages umkreiste ein kleiner Drachen den Felsen. Die Inselbewohner aber
wurden mit ihrem König von Tag zu Tag reicher.
Sie hatten gelernt, Gerüste und Türme und Kräne
in allen Größen zu bauen; die verkauften sie nun
in alle Welt. Die Jungfer freilich wollte den Felsen
nicht mehr verlassen. So heiratete der Prinz eine
Erbin aus seinen Kreisen.

Was aus der Jungfer wurde, haben die Inselbewohner nie erfahren. Lange Zeit ließ ihr der junge König weiterhin täglich einen Korb voller Nahrung auf den Drachenhorst bringen. Eines Tages wurden die Lebensmittel nicht mehr angerührt. Der Türmer, dessen Aufgabe es war, das Gerüst in Ordnung zu halten und den Korb hochzuschleppen, brachte die Nachricht.

Die Drachenbrüterin ist verschwunden, hieß es. Und gleich gab es neue Gerüchte. Dass der junge Drache sie gelehrt habe, mit der Zeit zu reisen oder, dass vor lauter Drachenfleisch, welches sie ein Jahr lang hatte essen müssen, sie selbst das Fliegen gelernt hätte, vielleicht selbst ein halber Drachen geworden sei – und dergleichen Mutmaßungen mehr.

•

Als die Hexe schwieg, blieb es lange Zeit still. Man merkte schon, dass die alte Tulla etwas fragen wollte; aber sie beherrschte sich. Der jungen Frau fielen die Augen zu. Auch Tulla schlief ein.

Als schließlich das Feuer zu erlöschen drohte, schaute die Hexe sich vorsichtig um, als wolle sie sich vergewissern, dass niemand zusah. Danach spitzte sie den Mund und blies: die Luft knisterte und die Glut begann sich zu erneuern. Es wurde behaglich warm. Nun schloss auch die Hexe die Augen.

Für Stunden schlief die Gesellschaft und sie hätte sicher noch lange weiter geschlafen, wäre sie nicht von Geräuschen geweckt worden, auf die sich die vom Schlaf Benommenen zunächst keinen Reim machen konnten. Einige gähnten und streckten die Beine. Andere fuhren sich mit den Händen durch die Haare oder machten Bewegungen, um ihre Glieder zu lockern. Doch dann war allen bewusst, dass jemand laut schluchzte. Es war der junge Mann, der einen derart verwirrten Eindruck gemacht hatte, dass sogar der alte Abel beunruhigt gewesen war.

Was ist denn? fragte Abel so vorsichtig wie er nur konnte, um den jungen Mann nicht noch mehr zu erschrecken.

Ich weiß nicht, antwortete der.

Vielleicht könnten wir helfen, flüsterte Abel.

Mir kann niemand helfen. Ich kann Euch auch sagen, weshalb.

Zwei Zauberer

Es gab einmal einen jungen Zauberer, dem alles gelang. Schon früh war er ein bekannter Arzt und Regenmacher. Aber damit nicht genug. Wurde ein Land von einem Heuschreckenschwarm heimgesucht, der die Ernte eines Jahres bedrohte, zauberte er einen Nebel, in dem der Schwarm verschwand. Und bat ihn ein Kaufmann um Hilfe, weil seine Schiffe in einen Sturm geraten waren, breitete der Zauberer seine Hände aus und etwas legte sich wie Öl über das Meer, und Wind und Wogen schliefen ein. Kein Wunder, dass Reich und Arm, Manager und Minister, einfallslose Erfinder und unmusikalische Komponisten, sich bei ihm die Klinke in die Hand gaben. Und er zauberte Opern herbei, die ihr Publikum verzauberten, baute Maschinen, die Maschinen bauten, ließ das Volk eine gute Meinung von seinen Kanzlern haben und schuf für die Generäle Sandkästen, in denen sie jede Schlacht gewannen.

Bald hatte er so viele Aufträge, dass er nicht mehr nachkam, und erst einen und dann mehrere Zauberlehrlinge einstellte. Die mussten die Vorarbeiten machen, also die meisten Zaubersprüche selbst herunterbeten, so dass er, nach seinem täglichen Rundgang, nur noch die letzte Formel zu sprechen brauchte. Mit der Zeit hatte er so viel

Glück mit der neuen Methode, dass aus dem ursprünglichen Zauberladen eine Fabrik wurde, mit einem Pförtner und einem Lieferanteneingang und mit einer Empfangshalle für die Bittsteller. Jeden Morgen erschien seine Sekretärin und seufzte, der Terminkalender sei voll; sie könne ja nicht zaubern.

Anfangs vergnügten ihn seine Kunststücke. Nicht nur, dass er reich und angesehen wurde, auch zu wissen, dass er es besser machte als alle anderen Magier und Hexenmeister zusammen, bereitete ihm Freude; schließlich konnten nicht einmal mehr die Altmeister der schwarzen Kunst ihm das Wasser reichen. Und so begann er, sich zu langweilen. Jeden Wunsch konnte er sich erfüllen; mit seinem Reichtum konnte er nicht mehr kaufen als es zu kaufen gab. Und am schlimmsten war, dass schließlich kein Mensch mit ihm sprechen wollte, denn niemand konnte ihm etwas erzählen, was er nicht schon wusste.

Es gab keinen Trick, den er nicht kannte, kein Geheimnis, das er nicht zu entschleiern verstand, keinen Konkurrenten, mit dem es sich zu messen lohnte.

Er wurde einsam und schließlich menschenscheu. Seine Parks und Paläste konnten ihm nicht mehr gefallen. Seine Fabrik hatte er verkauft, seine Dienerschaft entlassen. Nun verbrachte er die Nächte auf einem Feldbett im alten Zauberladen. Er hatte die Vorhänge zugezogen und die Fensterläden geschlossen, damit weder Lärm noch Licht hereindrangen. Eine Weile, so beschloss er, wollte er nicht einmal mehr aufstehen, geschweige denn sich waschen: er wollte einfach daliegen und nachdenken, wie es nun weitergehen sollte. Denn so konnte er nicht mehr weitermachen.

Eines Morgens, er hatte seit Tagen nichts gegessen und getrunken, war ihm so elend, dass er beschloss, in seiner Küche nach etwas Essbarem zu suchen. Natürlich hätte er sich eine Tafel voller Gaumenfreuden oder einen Feinschmeckerkorb herbeiwünschen können; aber gerade das interessierte ihn nicht. Ihm war nach etwas anderem und er konnte nicht einmal sagen, wonach.

Als er am Spiegel vorbeikam, erschrak er vor sich selbst: das Haar hing wirr in die Stirn, die Augen waren entzündet und das Kinn unrasiert. Und da hatte er eine Idee: er wünschte sich einen ebenbürtigen Gefährten. Doch zunächst nahm er seinen Bart ab, badete ausgiebig und stärkte sich mit einem ordentlichen Frühstück. Dann stellte er sich wieder vor den Spiegel, sammelte all seine Kräfte und zauberte sich sein Ebenbild herbei: ähnlicher als das Spiegelbild, enger als ein Schatten, vertrauter als ein Bruder, stand es vor ihm.

Hallo, sagte der junge Zauberer.
Hallo, sagte sein Ebenbild.

Der junge Zauberer lächelte. Sein Ebenbild lächelte zurück.

Mit Dir, sagten beide wie aus einem Mund, kann ich endlich die Gespräche führen, nach denen ich mich so lange sehnte.

Beide sahen sich verblüfft an; beide lachten.

Aber so geht das auch nicht, dachte der junge Zauberer. Und während er noch überlegte, fiel ihm ein, was sein Ebenbild dachte: dasselbe wie er.

Wir müssen uns einig werden, sagten beide.

Warum eigentlich? fragten sie gleich danach.

Du bist überflüssig, sagten sie.

Aber es ist Platz genug auf der Welt, dachten sie laut.

Eben, kam es wieder wie aus einem Mund.

Aber statt eines Unglücklichen gibt es dann zwei, überlegten sie.

Ich habe mich schon mit mir allein genug gelangweilt, sagten sie wieder laut.

Aber, sprachen beide gleichzeitig weiter, wenn wir uns wünschen, dass der andere verschwindet, verschwinden wir beide.

Oder nicht? dachten sie heimlich.

Wir müssen es ausfechten, sagten sie und plötzlich hatte jeder einen Säbel in der Hand. Eine Stunde hieben sie aufeinander ein, ohne dass sie sich verletzen konnten.

Lächerlich, befanden beide.

Wenn ich lache, sprachen sie gleichzeitig, lachst Du auch. Was ich empfinde, empfindest Du auch. Jeder kennt den Gedanken des anderen. Und wenn einer stirbt, stirbt der andere auch.

So liefen sie auseinander und irrten getrennt durch die Welt. Wo sie auch waren, jeder wusste von jedem und nur ganz selten gelang es ihnen, einander für einen Augenblick zu vergessen. Dann dachten sie für sich, wie wenig es doch bedürfe, um zufrieden zu sein.

•

Oh je, sagte der kleine Junge, das war aber ein merkwürdiges Märchen.

Merkwürdig, ja, stimmte der alte Abel zu.

Das meinst Du aber gar nicht so, sagte der Junge.

Wie meine ich das nicht? fragte Abel dagegen.

So, wie Du das gesagt hast.

Hm, hm, erwiderte Abel und schwieg so lange, bis die alte Tulla die Stille unterbrach:

Hatten wir nicht ausgemacht, nicht hinauszugehen, bevor jeder eine Geschichte erzählt hat?

Das hatten wir, stimmte Hadschi zu, wer ist denn an der Reihe?

Unser schwarzer Freund hier, der Amerikaner, antwortete Abel und der da…

Abel wies auf den Mann, der die ganze Zeit nur zu Boden starrte und sich auch jetzt nicht äußerte.

Nachdem alle eine Weile gewartet hatten, ergriff er wieder das Wort:

Sie können doch losen.

Der Mann antwortete auch jetzt nicht, aber er begann, zunächst unmerklich und dann allen sichtbar, den Kopf zu schütteln.

Er ist taubstumm, rief der kleine Junge.

Nicht doch, verbesserte ihn die junge Frau, er versteht genau, worüber wir sprechen.

Soll ich, fragte Tulla, an Ihrer Stelle etwas erzählen?

Der Mann schüttelte erneut den Kopf. Dann richtete er sich auf, hielt dabei mit der einen Hand den Mantel zusammen und bedeckte mit der anderen sein Gesicht. Langsam bewegte er sich auf die Treppe zu.

Nein, rief die junge Frau, und der Verwundete hatte plötzlich einen Revolver in der Hand.

Wozu? fragte Iwan, der neben ihm stand und drückte den Lauf der Waffe sanft zu Boden. Toni gehorchte. Der Mann ließ sich ohnehin nicht beirren. Mit schweren Schritten verschwand er im oberen Teil des Gewölbes.

Nein, wiederholte die Zigeunerin, als man oben die Tür hörte und Lärm, der nicht von Menschen, sondern eher von Kanonen herzurühren schien. Dann wurde die Tür ins Schloss gedrückt. Wieder war es still.

Also gut, meinte der Amerikaner, wenn es sein muss, will auch ich es versuchen.

Einige klatschten in die Hände.

Aber, fragte die junge Frau, wenn der da zurückkommt? dabei blickte sie zur Treppe.

Hätte er früher gehen wollen, sagte Abel, wäre er auch früher gegangen. Niemand hätte ihn daran gehindert, auch Toni nicht.

Ein bisschen komisch ist es schon, stimmte der Verwundete zu, zuerst flieht man, um auf niemanden schießen zu müssen und dann hat man als Einziger eine Waffe in der Hand und bedroht einen Unbekannten.

Vielleicht, sagte Abel und warf einen Blick auf die junge Frau, wollten Sie nur jemand verteidigen?

Toni senkte die Augen.

Man schämt sich trotzdem, sagte er.

Soll ich nun anfangen? fragte der Schwarze, ich kann nicht besonders gut erzählen. Außerdem, es handelt sich um ein ziemlich dunkles Himmelsbrot.

Ich verstehe alle Märchen, rief der kleine Junge.

Wenn Du nicht gerade schläfst, sagte Tulla.

Nun dann, begann der Amerikaner.

Die Schwarze Mutter

Ein Wanderer, der sich eines Nachts in einem Wald verirrt hatte, geriet unerwartet auf eine Lichtung, die ihm noch düsterer erschien als das Unterholz, durch das er eben noch gestolpert war. Mitten auf der Lichtung meinte er ein Haus zu erkennen, dessen Fenster hell erleuchtet waren. Erleichtert lief er auf das Gebäude zu. Zwischen den Fenstern fand er eine Tür, an die er vergeblich klopfte. Niemand öffnete, den er nach dem Weg hätte fragen können. Schließlich fasste er nach dem altertümlichen Türknopf. Erschrocken zog der Wanderer seine Hand zurück, denn der Griff war eiskalt. Als aber weiteres Klopfen nichts half, versuchte er ein zweites Mal, den Griff niederzudrücken; das machte keine Mühe. Er stieß die Tür auf.

Willkommen, sagte eine Stimme.

Ich habe mich verirrt, antwortete der Wanderer.

Das meinst Du, sagte die Stimme.

Ich habe mich verirrt, sagte der Wanderer, und als ich das Haus sah, dachte ich, hier kann ich nach dem Weg fragen.

Das dachtest Du, stellte die Stimme fest.

Ja, erwiderte der Wanderer, und ich wollte höflich fragen, wohin ich mich verirrte und wie ich weiterkomme?

Das sind zwei Fragen, antwortete die Stimme. Die zweite erübrigt sich, sobald ich die erste beantworte. Hier ist die Antwort: Du hast Dich nicht verirrt. Du bist dahin gekommen, wohin Du immer wolltest. Und wenn Du ein bisschen schlauer wärst, mein lieber Wanderer, wüsstest Du, dass Deine Reise vor langer Zeit hier ihren Anfang nahm.

Wer bist Du? fragte der Wanderer, den langsam ein eigentümliches Gefühl beschlich.

Ich bin die Schwarze Mutter, sagte die Stimme, zu mir kommt alles zurück.

Du meinst, fragte der Wanderer, jeder Mensch?

Der auch, sagte die Stimme geduldig, ich meine aber alles.

Also bist Du keine Mutter, rief der Wanderer.

Jedenfalls, stellte die Stimme fest, bin auch ich höflich und aus Höflichkeit spreche ich mit Dir in Deiner Sprache. Andere würden mich vielleicht ein Ungeheuer nennen.

Heimlich griff der Wanderer nach seinem Messer. Die Stimme lachte und meinte:

Ich bin kein Ungeheuer, gegen das man kämpft – und wenn es Dich beruhigt: ich kann in jeder anderen Gestalt erscheinen.

Warum ist es hier dunkel, fragte der Wanderer, während doch die Fenster des Hauses erleuchtet sind?

Auch aus Höflichkeit, erklärte die Stimme, damit Du leichter herfinden konntest.

Jetzt weiß ich es, sagte der Wanderer, Du bist

der Tod!

Wie albern, rief die Stimme und lachte wieder, das musste ja kommen.

Kann ich Dich mal sehen? wollte der Wanderer wissen.

Ich weiß zwar nicht, was Du davon hast, sagte die Stimme, aber wenn Du willst. Lass mich mal überlegen. Ja, ich hab's. Ich werde als alte, weise und gütige Fee auftreten.

Tatsächlich war dem Wanderer, als hätten sich seine Augen an die Finsternis gewöhnt. Auf einem Sessel erkannte er eine etwas gebeugte weibliche Gestalt, in fließende Gewänder gehüllt, mit langen weißen Haaren.

Komm, sagte die Fee, ich werde Dir etwas zeigen, was Du noch nie gesehen hast.

Zögernd trat der Wanderer näher.

Komm schon, verlangte die Fee, sonst siehst Du nichts.

Sie streckte ihm ihre Hand entgegen, als hielte sie etwas zwischen Daumen und Zeigefinger, das nicht größer als der Kopf einer Stecknadel sein konnte.

Was ist das? fragte die Fee.

Erst, antwortete der Wanderer, dachte ich, es ist der Kopf einer Stecknadel. Aber es ist viel kleiner. Ein Sandkorn ist es auch nicht, denn es ist rund und außerdem ziemlich dunkel, eher schon schwarz.

So schwer kann es doch nicht sein, ermunterte ihn die Fee, denk mal nach! Was ist denn so

122

winzig, rund und schwarz?

Ein Punkt, erwiderte der Wanderer.

Ausgezeichnet, lobte ihn die Fee, aber jetzt wird es schwieriger. Streng Dich mal an und sieh ganz genau hin. Woraus besteht der Punkt?

Oh, sagte der Wanderer erstaunt: aus Punkten, der besteht aus lauter Punkten. Und jeder Punkt aus weiteren Punkten.

Er wich einen Schritt zurück, denn aus der Hand der Fee quoll eine kleine schwarze Wolke, die aus lauter Punkten bestand. Jeder der Punkte löste sich in weitere Punkte auf. Während die Punktwolke wuchs und wuchs und langsam den Raum zu füllen drohte, sagte der Wanderer:

Jetzt weiß ich es aber. Du zerlegst Punkte in Punkte in…

Wie albern, unterbrach ihn die Fee, das könnte ein Professor gesagt haben. Schau mich an, was siehst Du? Aber schau genau hin!

Du bist, wollte der Wanderer sagen, aber er unterbrach sich. Während er nämlich sprach, sah er, dass die Fee sich in Punkte aufzulösen begann. In winzige, schwarze Punkte, die sich wiederum in unzählige Punkte teilten.

Und jetzt betrachte die Wand, verlangte die Stimme der Fee.

Der Wanderer gehorchte, obwohl er wusste, was ihn erwartete. Die Wand bestand aus Punkten, die sich in Punkte auflösten.

Und jetzt die Lichtung, und den Wald und die Erde!

Die Erde auch? fragte der Wanderer ungläubig, obwohl er wusste, dass Wegsehen nichts mehr helfen würde.

Die Erde auch, sagte die Stimme, und sie klang ein bisschen unerbittlich. Übrigens auch der Mond, Sonne und alle anderen Sterne. Und jetzt, sagte die Stimme, blick auf Deine Hand!

Widerstrebend hob er seine Hand vor die Augen. Ihm war, als lösten sich seine Finger in Rauch auf, in winzige Punkte.

Endlich weiß ich es, sagte der Wanderer, Atome, es sind Atome.

Wie albern, sagte die Stimme, hätte ich Dir ein Atom zeigen wollen, dann hätte ich es Dir gezeigt. Lass Dich nicht so bitten, Du bist doch sonst nicht auf den Kopf gefallen. Wenn ein Punkt aus Punkten besteht, ist es dann ein Punkt?

Natürlich nicht, antwortete der Wanderer. Es gibt keine Punkte, setzte er hinzu.

Sehr gut, lobte die Stimme: Schau! Er sah, wie die Punkte in Punkte zerfielen.

Plötzlich waren sie nicht mehr da. Nichts war da. Das ist ungeheuerlich, sagte der Wanderer.

Wir beginnen, uns zu verstehen, antwortete die Stimme.

Ein Ungeheuer! sagte der Wanderer… Hilfe, ich falle!

Wieso? fragte die Stimme

Es gibt keinen Boden! antwortete er.

Gibt es denn etwas, was fallen könnte?

Natürlich nicht, antwortete der Wanderer wütend, es gibt ja nichts. Es gibt nichts. Aber wieso kann ich Dich hören?

Aus Höflichkeit, antwortete die Stimme und diesmal schien es dem Wanderer, als klänge sie ein bisschen belustigt.

Aber Du hast gesagt, zu Dir kommt alles und von Dir geht alles aus! rief der Wanderer verzweifelt.

Richtig, antwortete die Stimme, es dauert nur seine Zeit.

Dem Wanderer schwanden die Sinne. Als er wieder zu sich kam, murmelte er: Ich habe ein bisschen geschlafen.

Das meinst Du, sagte die Stimme.

Was machst Du? fragte der Wanderer.

Geduld. Gleich wirst Du es sehen, antwortete die Stimme. Kannst Du Dich eigentlich daran erinnern, wie ich das letzte Mal aussah?

Aber natürlich, erwiderte der Wanderer, wie eine gütige Fee, mit weißen Haaren…

Ja, danke, jetzt erinnere ich mich auch. Und in fließende Gewänder gekleidet. Und Du warst der Wanderer, der glaubte, dass er sich verirrt habe.

Das glaube ich noch immer, antwortete er.

Recht so, sagte die Stimme, gleich kannst Du weitermarschieren.

Und warum sehe ich nichts? wollte er wissen.

Weil Du die Augen nicht öffnest, antwortete die Stimme.

Als er die Augen aufschlug, sah er einen Acker.

Einen riesigen Acker. Über den Acker schritt eine gebeugte Alte. Um ihre Schulter trug sie einen Beutel. Von Zeit zu Zeit griff sie in den Beutel und warf in weitem Bogen etwas über den Acker. Es sah aus wie schwarzer Staub.

Was machst Du? fragte der Wanderer.

Das siehst Du doch, sagte die Frau geduldig. Ich säe Punkte.

Punkte? fragte er ungläubig. Sie antwortete:

Erinnere Dich. In diesem Beutel sind alle Punkte, die Du gesehen hast, ehe Du einschliefst. Jetzt säe ich sie wieder aus. Die Punkte rücken zusammen. Zu Blumen..

Auch zu Menschen, sagte der Wanderer.

Auch zu Menschen, stimmte die Frau zu, zu Sonne, Mond und Sternen.

Und zu Vögeln und Fischen, sagte der Wanderer und zu Wald und Wiesen und Häusern und Städten!

Richtig, antwortete die Frau: Jetzt musst Du aber los. Da geht es lang, sagte sie, und gab ihm einen kleinen Schubs.

Aber, fragte der Wanderer, wer bist Du?

Mach Dir darüber keine Sorgen, antwortete die Frau, ehe er weiterwanderte, eines Tages wirst Du es gewiss erfahren.

●

Während der Amerikaner noch erzählte, hatte es in dem großen Radio mehrfach geknackt und gebrummt. Einen Moment schien es, als sollte erneut ein Konzert einsetzen, doch dann verstummte es wieder. Aber bei jedem Geräusch, das aus dem Radio drang, schien der alte Abel besonders aufmerksam hinzuhören.

Hand aufs Herz, wandte sich Hadschi an ihn, dieser Musikschrank scheint Sie außerordentlich zu interessieren?

Abel sah ihn lange an und meinte dann bedächtig:

Ja, ja. Das hat schon seine Bewandtnis.

Das habe ich gewusst, sagte der kleine Junge.

Aber was es mit der Bewandtnis auf sich hat, wollen Sie uns nichts verraten? fragte der Priester.

Ich könnte schon, erwiderte Abel, aber lassen Sie mir noch ein wenig Zeit. Madame Tulla wollte doch für den Unbekannten einspringen? Ich will nicht drängen – aber die Gelegenheit scheint günstig.

Außerdem, sagte Tulla, scheint mir meine Geschichte recht gut herzupassen.

Das bucklige Radio

In ein sibirisches Dorf, fern hinter dem Ural, wo sich noch heute Wölfe und Bären gute Nacht sagen, war ein buckliges Radio verschlagen worden. Keiner der Bewohner des Dorfes wusste, wie das Radio hergekommen war. Ja, die meisten der hier lebenden Seelen wussten nicht einmal, was ein Radio war – außer dem Dorfkrämer, der gelegentlich mit durchreisenden Pelzhändlern zu tun hatte und außer dem Popen, der das Radio allerdings für weltlichen Tand hielt und sich bekreuzigte, wenn er nur daran dachte.

Schlimm genug, dass es ein Fahrrad im Dorf gab. Das brachte die Jungen nur auf dumme Gedanken. Aber der reichste Fallensteller des Ortes hatte einmal einige Dutzend Wolfsfelle für so ein halbverrostetes Ding gegeben und für einen schönen Fuchspelz sogar eine zeitweise funktionierende Lampe mit Dynamo „magaritsch", das heißt als Dreingabe und beinah umsonst erhalten. Seitdem raste der Sohn des Fallenstellers im Frühjahr, wenn der Schnee schon verschwunden aber die Dorfstraße noch gefroren war, mit dem Teufelsding hin und her und machte tagsüber die Hühner und Gänse verrückt und nachts die Hunde, die er mit der Lampe blendete. Die Köter bellten ihm nach und wollten und wollten sich nicht beruhigen.

Sommers war es noch schlimmer, dann wirbelte das Fahrrad so viel Staub auf, dass die Dörfler aus dem Husten und Niesen nicht hinauskamen. Nun sind ja die Sibirier bekannt für ihre Geduld und so wussten auch diese, dass jede Prüfung einmal ein Ende nimmt. Zumindest behauptete das der Pope.

Wenn das bucklige Radio sich recht erinnerte, kannte es fast jedes Haus im Dorf; mal war es dort einige Monate geblieben, mal ein Jahr oder auch zwei. Hatte einer der Bauern oder Fallensteller genug davon, dann tauschte er das Radio gegen einen Bärenschinken oder gegen einen halben Sack Sonnenblumenkerne bei seinen Nachbarn ein. Erst erhielt das Radio, trotz seines Buckels, den Ehrenplatz unter der Ikone. Dann wurde es von seinem neuen Besitzer noch regelmäßig geputzt und abends ins Licht der Petroleumlampe gerückt. Denn Strom gab es in diesem von aller Welt weit abgelegenen Dörfchen natürlich nicht, und so konnte auch das Radio nicht zeigen, was in ihm steckte. Im Laufe der Jahre wurde es deshalb immer trauriger und zweifelte schließlich selbst daran, dass es überhaupt noch spielen konnte. Wie gesagt, mit der Zeit verloren die Dorfbewohner die Freude an ihrem buckligen und dazu noch stummen Hausgenossen. Das Radio begann Staub anzusetzen und schließlich wurde es auf den Dachboden verbannt. Eines Tages kam dann ein Nachbar vorbei und fragte:

Sagt mal, habt ihr noch das bucklige Radio? Eine Wurst wäre es mir schon wert.

Dann antwortete der derzeitige Besitzer:

Das alte Ding? Das gibt keinen Ton von sich. Ich hätte es nie genommen, wenn meine Frau es nicht unbedingt hätte haben wollen. Aber nachdem sie es blank geputzt und einige Male an den Knöpfen gedreht hatte, machte das Ding ihr keinen Spaß mehr. Was willst Du denn damit anfangen?

Der Nachbar kratzte sich dann hinterm Ohr und meinte:

Ich weiß nicht so recht, vielleicht ist doch was an der Geschichte, dass man damit etwas hören kann.

Da konnte der Besitzer nur lachen und meinte gutmütig:

Also, wenn es Dir eine Wurst wert ist, ich will mal nachschauen, irgendwo auf dem Boden…

So ging es mit dem Radio immer mehr bergab und von Jahr zu Jahr sank sein Handelswert. Schließlich wurde es schon für eine Handreichung weitergegeben und eines Tages fand es der junge Pjotr auf dem Müll. Er nahm das Radio nach Hause – das war die ärmlichste Hütte am Ende des Dorfes – reinigte es und betrachtete es nachdenklich. Als seine Mutter heimkam, eine Witwe, die davon lebte, dass sie bei den Jägern und Fallenstellern aushalf, fragte sie:

Ist es bei uns nicht eng genug? Was willst Du mit dem buckligen Radio? Mach lieber was Nützliches. Beim Fjodor Iwanowitsch sind Fallen zu reparieren und beim Popen flackert das Ewige Licht.

Pjotr schwieg. Seit seine Mutter Witwe war, hatte er wenig gute Worte zu hören bekommen und noch seltener vernünftige. Er wusste, dass sie es nicht leicht hatte und immer nur an das Nächstliegende dachte. Er stellte das Radio unter die Holzbank, die ihm jede Nacht als Bett diente und wo schon einige Werkzeuge lagen, dazu ein Bündel alter Draht, ein Bleistift und ein Stapel Packpapier. Schließlich antwortete er:

Wer weiß, wozu es eines Tages noch gut sein kann.

Das bucklige, alte Ding, pah! erwiderte seine Mutter.

Er wusste aber, dass sie das Radio nicht anrühren würde.

Pjotr hatte im Dorf einen guten Ruf. So manchem Jäger hatte er schon geholfen, alte Vorderlader instandgesetzt, die gebrochene Achse eines Karrens erneuert oder ein Krummholz angefertigt, für das Panjepferdchen eines der Bauern. Pjotr hatte nämlich einen wachen Verstand und geschickte Hände.

Das Radio hörte dergleichen Gespräche über seine Nutzlosigkeit nicht gern und wurde immer melancholischer, weil es in dieser Einsamkeit keinen Weg zu geben schien, die Menschen von seinem Wert zu überzeugen.

Eines Tages, als seine Mutter außer Haus war, holte Pjotr das Radio unter der Bank hervor. Außen hatte er schon alle Teile gesäubert, diesmal fasste er sich ein Herz und schraubte die Rückwand ab. Da sah es vielleicht aus: alles voller Spinnweben und Staubflocken, so groß wie Mäuse. Vorsichtig trug er das Radio vors Haus und reinigte es mit einem weichen Pinsel, den er sich aus den Brustfedern geschlachteter Gänse gemacht hatte. Danach lockerte er die Bedienungsknöpfe und holte schließlich das ganze Innere ans Tageslicht.

Nun konnte er auch sehen, weshalb das Radio einen Buckel hatte. Irgendwann einmal musste es im letzten Augenblick aus einem brennenden Haus gerettet worden sein; die Hitze hatte ihm mächtig zugesetzt, so dass das braune Zeug, aus dem das Gehäuse bestand, fast geschmolzen war und sich schließlich zu einer Beule aufgebläht hatte.

Sonst schien aber alles intakt und am rechten Ort. Da schimmerten, nachdem er sie gereinigt hatte, silbrige Glaskolben, glänzende Drähte führten an die verschiedensten Stellen des Radios, so dass Pjotr das Gefühl hatte, er schaue in das Innere eines lebenden Wesens.

Kaum hatte er alles wieder zusammengesetzt und die Rückwand angeschraubt, kam seine Mutter nach Hause. Als sie sah, wie er das Radio unter seine Bank schob, tadelte sie:

Schon wieder dieser Kasten. Das hat doch keinen Sinn. Fällt Dir wirklich nichts Besseres ein?

Ich habe doch alles andere repariert, antwortete Pjotr. Das Ewige Licht flackert nicht mehr und die Fallen von Fjodor Iwanowitsch sind auch gerichtet.

Aber die Lampe vom Fahrrad seines Jungen leuchtet nicht, antwortete die Mutter, daran kannst Du Dir die Zähne ausbeißen. Obwohl, fuhr sie nach einer Pause fort, es ein Segen wäre, wenn das Ding kaputt bliebe.

Pjotr lachte und machte sich auf den Weg, das Fahrrad abzuholen.

Fjodor Iwanowitsch, sagte er, ich erinnere mich, dass Dir die Lampe am Fahrrad einen Fuchspelz wert war.

Langsam, langsam, erwiderte der, erst beweise mir, dass Du das Ding wieder instand setzen kannst.

Umgekehrt wird ein Schuh draus, erwiderte Pjotr. Ich habe bereits bewiesen, dass ich Steinschlösser an alten Flinten ebenso wie Deine Fallen reparieren kann. Auch das Ewige Licht des Popen flackert nicht mehr. Was alles nicht heißt, dass die Lampe hier wieder leuchten wird. Wenn es mir aber gelingt, will ich wissen, was ich dafür bekomme.

Das kann ich nicht sagen, antwortete Fjodor Iwanowitsch.

Dann behalte Dein Fahrrad, sagte Pjotr.

Du bist schlimmer als ein Pferdehändler, was willst Du denn haben?

Wenn im Winter ein Pelzhändler kommt, sorgst Du dafür, dass er mich in die nächste Stadt mitnimmt.

In die nächste Stadt, das sind über tausend Werst. Das kostet mich ein Vermögen!

Wie weit käme man denn für einen Fuchspelz? fragte Pjotr.

Für einen meiner Pelze, antwortete Fjodor I-wanowitsch voller Stolz, mindestens hin und zurück.

Eben, das meine ich, sagte Pjotr. Ich will nur die Hälfte dessen, was Dir einmal das Doppelte wert war.

Also abgemacht, sagte schließlich Fjodor Iwanowitsch und reichte Pjotr die Hand.

Der schob das Fahrrad nach Hause, stellt es in der Hütte auf den Kopf und brachte die Räder in Schwung. Der kleine Dynamo, aus dem der Strom kommen sollte, surrte eifrig, aber die Lampe wollte nicht brennen. Als er sie genauer betrachtete, schien sie ihm intakt. Also musste es wohl am Dynamo liegen. Geschickt begann Pjotr, ihn auseinanderzunehmen; damit er nicht vergaß, was wohin gehörte, zeichnete er auf einem Stück Packpapier alles genau auf. Bald fand er auch ein Schräubchen, unter dem sich ein Draht gelockert hatte. Nachdem Pjotr das Schräubchen festgezogen und den Dynamo zusammengebaut hatte, brachte er die Räder wieder in Schwung. Diesmal brannte die Lampe. Zufrieden stellte er das Rad auf seine Räder.

Doch dann kam ihm ein Gedanke und er stellte es wieder auf den Kopf, löste die Drähte von der Fahrradlampe und befestigte sie an seinem Radio. Dann schaltete er das Radio ein und drehte, so stark er konnte, an den Pedalen des Rades. Der

Dynamo summte und die Skala des Radios begann schwach aufzuleuchten. Zu hören war aber nichts.

Sicher, sagte sich Pjotr, ist der Strom viel zu schwach.

Und das Radio, das einen Moment gehofft hatte, endlich zum Leben erweckt zu werden, knackte traurig und schwieg, als sei es für immer.

Als Pjotrs Mutter zurückkam, meinte sie: Na, ist doch nicht so leicht, wie Du es Dir gedacht hast?

Leicht ist es nicht, antwortete er, aber ich bin sicher, dass ich es schaffe. Ich habe schon alles aufgezeichnet.

Aufgezeichnet, sagte seine Mutter, als ob das was hilft! Die Lampe muss leuchten. Es wird höchste Zeit, dass Du etwas Vernünftiges lernst. Vielleicht solltest Du einmal mit Fjodor Iwanowitsch zur Jagd gehen und ihm beim Fallenstellen helfen.

Das ist ein guter Gedanke, antwortete Pjotr, aber zunächst werde ich das Fahrrad reparieren, und wenn es eine ganze Woche dauert.

Unfug, sagte seine Mutter, aber Dir ist ja nicht zu helfen.

Vergiss nicht, sagte er, dass das Ewige Licht nicht mehr flackert.

Kunststück, erwiderte sie, das war doch ganz einfach.

Ja, erwiderte Pjotr, jetzt scheint es ganz einfach, nachdem jedermann weiß, wie es gemacht wird. Vorher hat es aber keiner geschafft.

Wenn das so weitergeht, sagte seine Mutter, schnappst Du noch über.

Eine Woche lang wartete Pjotr, ehe er das Fahrrad zurückbrachte. Fjodor Iwanowitsch war des Lobes voll und während sein Junge tags die Hühner wild machte und nachts die Hunde, zog Pjotr mit ihm auf die Jagd.

Ich will nur meine Verpflegung, hatte er verlangt und jeden zwölften Pelz.

Das schien dem Fallensteller ein guter Handel.

Als es Herbst wurde, kehrten die beiden mit reicher Beute zurück und als der Pelzhändler kam, verkaufte auch Pjotr seine Felle. Die Hälfte vom Geld gab er seiner Mutter, die andere Hälfte behielt er für sich.

Als es ans Abschiednehmen ging, sagte Fjodor Iwanowitsch: Was willst Du in der Fremde? Mit mir kannst Du jagen und Fallen stellen und, wie Du siehst, sogar Geld verdienen.

Hier weißt Du, was Du hast, ergänzte seine Mutter.

Eben deswegen muss ich fort, antwortete Pjotr, ich muss lernen. Und ich muss viel lernen. Pass Du inzwischen auf meine Sachen auf.

Vor allem, sagte seine Mutter, wohl auf das bucklige Radio?

Ja, antwortete er, vor allem darauf.

Mit der Troika des Pelzhändlers, das heißt mit den drei Pferdchen, die vor seinen Balkenschlitten gespannt waren, ging es zunächst von Dorf zu Dorf, wo weitere Felle eingekauft wurden.

Als der Schlitten vollgeladen war, lenkte der Pelzhändler aus den Wäldern auf die Steppe und dann auf einen der zugefrorenen sibirischen Flüsse. Über das Eis ging es im Hui nach Süden und nach etlichen Tagen und Nächten hatten sie die erste Stadt erreicht.

Bleib bei mir, sagte der Pelzhändler zu Pjotr, Du bist ein anstelliger Bursche, hast unterwegs mindestens ein Dutzend Wölfe verjagt und drei erlegt und uns einmal das Leben gerettet. Du warst ein guter Partner.

Pjotr bedankte sich, blieb aber dabei, dass er viel zu lernen habe.

Was willst Du denn lernen? fragte der Pelzhändler, Du kannst doch alles reparieren?

Nicht alles, antwortete Pjotr, manches schon. Denk an den Dynamo von Fjodor Iwanowitsch. Den konnte ich instand setzen. Ich denke, hätte ich nur alles, was ich dazu brauchte, ich könnte sogar einen bauen. Er würde sogar funktionieren. Ich wüsste nur nicht weshalb.

Schon gut, antwortete der Pelzhändler und gab ihm zum Abschied ein Bärenfell und eine Börse mit Geld. Du weißt ja, dass ich in jedem Winter nach Norden reise, um Pelze einzukaufen. Jedes Jahr werde ich hier einen Tag auf Dich warten. Im Übrigen denke ich, dass Dir noch immer Dein buckliges Radio nicht aus dem Kopf geht.

Das stimmt, antwortete Pjotr und sprang vom

Schlitten.

Das bucklige Radio ging ihm tatsächlich nicht aus dem Sinn. Manchmal träumte er sogar davon. Ihm war, als müsse er allein dadurch, dass er sich den inneren Aufbau aufgezeichnet hatte, verstehen, wie es funktionierte – dabei konnte er weder lesen noch schreiben.

Im ersten Jahr arbeitete er in einer Kolchose. Da er schnell bewies, wie geschickt er war, durfte er nacheinander Leiterwagen, Mähdrescher und schließlich Traktoren reparieren. Nach einem Jahr war er ein so guter Mechaniker, dass man ihn zur Wartung der großen Maschinen zuließ.

Abends, nach der Arbeit, lernte Pjotr Lesen und Schreiben und ein Jahr später beherrschte er auch diese Kunst. Danach fing er an, zu lesen, was es zu lesen gab, vor allem über Radios und Dynamos. Als das dritte Jahr um war, wusste er alles, was es darüber zu lernen gab.

Leute, sagte er, als es Spätherbst wurde, bald kommt mein Pelzhändler. Ich muss fort.

Was willst Du bei den Hinterwäldlern? fragten seine neuen Freunde, Du bist doch einer von uns. Hier hast Du Licht und warmes Wasser und ein eigenes Bett und sogar eine Bibliothek.

Natürlich, antwortete Pjotr, Ihr werdet mir fehlen und all die Bücher auch – aber ich schulde einem kleinen Dörfchen etwas, etwas, naja… Und er erzählte ihnen die Geschichte vom buckligen Radio.

Als der Pelzhändler kam und fragte: Na, wie ist's, kommst Du diesmal mit?, antwortete Pjotr: Ja. Ich und meine Kiste, und lud einen großen Kasten auf den Balkenschlitten.

Was hast Du denn da? wollte der Pelzhändler wissen.

Alles, was ich brauche. Ein Gewehr, einige Fallen, etwas Baumaterial, einige Bücher, einen Pelz für meine alte Mutter und einen Dynamo.

Na dann los, sagte der Pelzhändler und schwang die Peitsche über den Gäulen.

Beinahe hätten sie das Dörfchen nicht gefunden, so tief war es verschneit. Während Pjotr seine Kiste ablud, machte der Pelzhändler seine Geschäfte. Als er zum Häuschen der Witwe zurückkehrte, über und über mit Pelzen beladen, hatte Pjotr schon seine Kiste geöffnet. Die Mutter trug den neuen Mantel und betrachtete respektvoll das Gewehr.

Und was ist das? fragte sie und wies auf die anderen Sachen.

Das wirst Du schon sehen, antwortete er und verabschiedete sich vom Pelzhändler, der einen letzten Versuch machte, ihn mitzunehmen. Aber Pjotr schüttelte nur den Kopf.

Du weißt ja, was ich vorhabe, sagte er.

Den ganzen Winter über zeichnete Pjotr Pläne und schnitt aus langen Blechen etwas, das wie der Flügel einer Windmühle aussah. Als es Frühling wurde und der Schnee schmolz, war er damit fertig. An einem warmen Tag rief er die Jäger, Bauern und Fallensteller, den Popen und den Krämer zusammen.

Der Dorfplatz, fragte Pjotr, gehört doch Euch allen?

Als sie nickten, meinte er: Gut, dann wollen wir in der Mitte ein Loch graben.

Als einige murrten, sagte er, sie sollten erst einmal abwarten, er habe ihnen ja etwas mitgebracht. Dann machte er sich daran, auf dem Hof seiner Mutter einen Turm aus Birkenholz zu errichten, an dessen Spitze er ein Windrad befestigte. Mit der Achse des Windrades verband er seinen mitgebrachten Dynamo.

Du kannst es nicht lassen, sagte seine Mutter.

Kannst Du uns nicht wenigstens erzählen, fragten der Pope und Fjodor Iwanowitsch, was Du da draußen alles erlebt hast?

Ihr würdet es mir ja doch nicht glauben, antwortete Pjotr, aber das Radio wird es Euch sagen.

Das gab schallendes Gelächter.

Nur noch ein Stündchen, mahnte Pjotr, Ihr seid doch geduldige Leute, dann könnt Ihr weiter lachen, wenn Ihr wollt. Habt Ihr inzwischen das Loch gegraben?

Als sie nickten, nahm er eine Stange, einen wetterfesten Kasten und das bucklige Radio.

Auf dem Dorfplatz wurde das eine Ende der Stange in dem Loch verankert. Oben auf der Stange wurde der wetterfeste Kasten befestigt und da hinein das Radio gestellt.

Gleich, versprach Pjotr, gleich, und befestigte zwei Drähte am Radio, die er von Haus zu Haus und weiter bis zu der Hütte seiner Mutter spannte. Dort befestigte er sie schließlich am Dynamo auf dem Turm aus Birkenstämmen. Da es windig war, drehte sich das Windrad und Funken sprühten, als Pjotr die Drähte anbrachte. Erwartungsvoll liefen alle zum Dorfplatz zurück.

Na und? sagte der Pope, als das Radio keinen Ton von sich gab.

Hättest Du nicht was Vernünftiges mitbringen können? fragte seine Mutter.

Gebt mir mal einen Stuhl, verlangte Pjotr.

Auf den stieg er nun und drehte den Einschaltknopf. Endlich spürte das bucklige Radio sein Lebenselixier, fühlte, wie es in seinem Nervengeflecht Einzug hielt, wie es sich in die kupfernen Drähte ergoss, seine gläsernen Röhren aufzuheizen begann und seine Fühler empfindlich machte, für die Schwingungen, die das All erfüllten. Erst seufzte es und dann quietschte es voller Ungeduld und dann begann es zu den Dörflern zu sprechen:

Von einer großen Revolution, von Krieg und von Frieden, von neuen Erfindungen, von überwundenen Krankheiten, von fremden Sprachen und von heimatlichen Sitten und davon, was die Uhr geschlagen hatte. Und wenn es vom Reden müde wurde, begann es, Musik zu machen, Lieder zu singen und Orgeln erklingen zu lassen. Und wurde der Wind stärker, der die Turbine antrieb, dann wurde das Radio lauter und übertönte den

Wind, und erstarb die Luftbewegung, dann ruhte das Radio. Meist aber flüsterte und schmeichelte und schmetterte es Nachrichten und Musik, wovon die Dörfler nicht genug bekommen konnten.

Als Pjotr sich davonstehlen wollte, erwischte ihn gerade noch seine Mutter.

Du gehörst doch hierher, sagte sie, während er nach seinem Gewehr und nach seinen Fallen griff.

Nein, antwortete er, ich bin hier überflüssig. Wie Du selbst sagtest: ich sollte was Vernünftiges tun. Erst werde ich jagen und Fallen stellen. Im Winter, wenn der Pelzhändler kommt, komme auch ich zurück. Vielleicht weiß ich dann, was vernünftig ist, sagte er und schloss die Tür hinter sich.

●

Als hätte man darauf gewartet, dass Tulla ihr Märchen beendete, schien nun jemand alle Register zu ziehen: so mächtig setzte das Radio im Keller ein, dass niemand sein eigenes Wort hätte verstehen können. Aber noch ehe man eingreifen konnte, nahm es selbst die Lautstärke zurück.

Wir können gehen, sagte der alte Abel, wir sind frei! Vielleicht gibt es bald Frieden.

Tulla wiegte ihren alten Kopf. Die Zigeunerin bekam glänzende Augen und aus den Nüstern der Hexe schienen Flämmchen zu züngeln.

Der Platz war Ihnen bekannt, sagte Hadschi zu Abel. Der nickte:

Ein Außenposten. Aber sich mit Worten zu verständigen, war seit Jahren viel zu gefährlich. Tief in den Katakomben der Stadt gibt es eine kleine Kapelle mit einer Orgel. Wir hatten Melodien vereinbart, für alle Fälle. Viel gab es nicht mitzuteilen: Verrat oder Freude, Krieg oder Frieden. Für alle Gelegenheiten gab es Musik. Diese alten Kisten, diese Musiktruhen, wie Sie sie nennen, stehen in manchen Kellern. Schon als die Orgel zum ersten Mal einsetzte, wusste ich, dass der Kampf beendet war. Ich wollte nur sicher gehen und wartete so lange wie möglich. Also, sagte er und machte Anstalten, aufzustehen.

Halt, meinte der Verwundete, Sie schulden uns das Ende Ihrer Geschichte.

Fast, erwiderte Abel, hätte ich das vergessen.

Auch mir liegt noch etwas auf dem Herzen, flüsterte die Zigeunerin, ich heiße Mercedes.

Mercedes, murmelte der alte Abel, was für ein schöner Name. Aber ehe ich beginne, fuhr er fort und wandte sich an den Jungen, möchte ich wissen, wie Du heißt?

Ich, antwortete der, ich weiß es nicht.

Und wer war das, der uns vorzeitig verließ, fragte Iwan.

Ich kannte nur seinen Namen, antwortete Toni, er hieß Ezra.

Nun schwiegen alle, nur der Klang der Orgel erfüllte das Gewölbe.

Wo war ich denn stehen geblieben? murmelte Abel mehr zu sich selbst und fuhr dann mit seiner Erzählung fort: Ach so, der Winzer, nicht wahr, hatte den Mann abgeholt, unseren Freund, der so viel Böses gesehen hatte, dass er zu erblinden drohte. Wie es schien, war er inzwischen geheilt.

Die tätowierten Augen II

Während der Winzer seine Fuhre Weinfässer über die Feldwege lenkte, begann es zu regnen.

Gut, dass es regnet, meinte er. Die letzten Tage waren heiß. Meine Ernte ist eingebracht. Nun erfrischt sich die Erde.

Und als die Sonne wieder schien, sagte er:

Was für ein schöner Tag.

Jeder Tag ist schön, antwortete sein Fahrgast und bewunderte aufs Neue die Trauben, die die Arme des Winzers bedeckten. Als er den Weinbauern zum ersten Mal getroffen hatte, war es ihm vorgekommen, als würden die Früchte von Frische und Kraft überquellen, jetzt schimmerten sie vor Reife.

Und, wie geht es Dir? fragte der Winzer und versuchte, dem Mann in die Augen zu sehen. Der erwiderte seinen Blick.

Ich sehe keinen Unterschied, stellte der Winzer nach einer Weile fest, und doch hat sich Dein Blick verändert.

Der Mann schwieg und lächelte.

Nach einer Weile bot ihm der Weinbauer frischen Most an und ein Stück vom Braten, der neben ihm in einem Korb lag. Gestärkt fuhren sie weiter.

Als sie die Hafenstadt erreichten und vor dem

Gasthaus hielten, half der Mann beim Abladen der Fässer.

Ihr werdet müde sein, sagte der Wirt, nachdem sie zu Abend gegessen hatten, schlaft Euch erst einmal aus. Morgen ist auch noch ein Tag.

Der Winzer bedankte sich, bestand aber darauf, gleich zurückzufahren. Sein Wein würde nicht warten. Unser Mann nahm aber das Angebot an und man zeigte ihm sein Zimmer.

Am nächsten Morgen wurde er von dem gleichen Mädchen geweckt, das ihm schon beim ersten Mal Milch und Brot ans Bett gestellt hatte. Nachdem es die Fenster geöffnet hatte, nahm es den Becher und führte ihn dem Mann an die Lippen. Er trank und erwiderte den Blick des Mädchens.

Was haben sie mit Deinen Augen gemacht, fragte es.

Ich weiß nicht, antwortete er, aber ich sehe, wie schön Du bist.

Das Mädchen errötete.

Ja, sagte es, das Kleid ist sehr schön.

Das bemerke ich auch, erwiderte er, aber ich sehe vor allem Dich und dass Du unvergleichlich schöner bist als Dein Kleid.

Aber alle anderen sehen nur mein Kleid, sagte das Mädchen.

Das wird schon stimmen, antwortete er, es ist eine gute Arbeit.

Als der Mann aufgestanden war, ging er zum Hafen, um den Angler zu suchen. Der saß an der

Mole, baumelte mit den Beinen über dem Wasser und begrüßte ihn wie einen alten Bekannten.

Schau, sagte er, keine Stunde bin ich hier und schon ist der Eimer halb voll.

Die Sonne steht bereits recht hoch, antwortete der Mann, bist Du heute so spät zum Angeln gekommen?

Eigentlich nicht, erwiderte der Angler, es war früher Morgen, als ich zu fischen begann.

Dann bist Du doch schon einige Stunden an der Arbeit?

Das könnte sein, antwortete der Angler und blickte auf eine prächtige Uhr, die auf sein Handgelenk tätowiert war.

Die Uhr hat doch keinen Zeiger, sagte der Mann.

Natürlich nicht, erwiderte der Angler, jeder Angler trägt solch eine Uhr.

Dann, sagte der Mann und lachte, würde ich Dir gern noch ein Stündchen Gesellschaft leisten.

Der Angler nickte und zog einen Fisch um den anderen aus dem Wasser. Inzwischen beobachtete der Mann die Handelsschiffe und Fischerboote, die ein- und ausliefen, und spürte in sich die Sehnsucht, noch einmal die Welt mit anderen Augen zu sehen.

Als die Sonne schon tief am Horizont stand, war der Eimer des Anglers gefüllt. Zufrieden stand er auf und lud den Mann ein, mit ihm das Abendbrot zu teilen.

Ich würde gerne mit Dir essen, antwortete der,

aber diesmal sei Du mein Gast. Hol Deine Familie. Ich bitte inzwischen den Wirt, einen Tisch zu dek-ken. Wenn Du mir Deine Fische verkaufst, weiß ich auch, was es zu essen gibt.

Der Angler war einverstanden, und als er mit Frau und Kindern in der Gastwirtschaft eintraf, roch es schon nach frisch gebackenem Fisch. Wein stand auf der weiß gedeckten Tafel, sowie Brot und Käse und frisches Wasser. Als alle beim Essen saßen, fragte der Wirt den Reisenden:

Nun, mein Freund, wie ist es Dir ergangen?

Bereitwillig erzählte der Mann, was er inzwischen erlebt hatte.

Gewiss, sagte der Wirt, mich interessierte aber, ob man Dir helfen konnte?

Wie soll ich das wissen? antwortete der Mann und betrachtete das Mädchen, das sie bei Tisch bediente und das ihn am Morgen geweckt hatte:

Ich habe bisher nur Schönes gesehen.

Merkwürdig, antwortete der Wirt, ich sehe keinen Unterschied. Und das Mädchen fragte er:

Hat er sich in Deinen Augen verändert?

Als es den Gast anschaute, errötete es an diesem Tag zum zweiten Mal.

Man müsste, meinte schließlich das Mädchen, um das zu erfahren, ihm sehr tief in die Augen blicken. Das sei nicht ihre Sache, doch sie glaube schon, dass man gute Arbeit geleistet habe.

Ich verstehe kein Wort, sagte darauf der Wirt, aber wenn Ihr glaubt, dass er geheilt ist, bin ich zufrieden.

Am nächsten Morgen betrat der Mann eines der Handelsschiffe, die im Hafen lagen.

Ich habe zwar Passagiere an Bord, meinte der Kapitän, aber ich muss Dich warnen. Von der Wüste, jenseits des Meeres, kommt ein heißer Wind. Der wird uns packen, sobald wir den Schutz des Hafens verlassen. Ich kann keine ruhige Reise versprechen.

Einverstanden, nickte der Mann, und zahlte für die Überfahrt. Als das Schiff den Hafen verließ, winkte er seinen Freunden, die ihn bis zur Mole begleitet hatten.

Kaum näherten sie sich der offenen See, wurden die Wellen höher und das Schiff begann zu schlingern. Einige Stunden später kämpfte es sich durch hohe Wellen.

Was machst Du da vorne? rief der Kapitän dem Mann zu, der sich im Bug des Schiffes an der Reling festklammerte und Brecher auf Brecher über sich ergehen ließ.

Komm in die Kabine! rief der Kapitän in der nächsten Pause, die der Sturm ihm ließ, dort sind auch die anderen Passagiere. Da bist Du sicher.

Kaum, rief der Mann zurück, und Du bist ja auch nicht in der Kajüte.

Ich bin der Kapitän, schrie der Kapitän, das ist mein Beruf. Ich könnte ohne die See nicht leben.

Mir geht es hier gut, schrie nun auch der Mann, die Luft ist frisch, ich kann mich am Horizont orientieren und wenn es schon nicht mein Beruf ist, ich kann verstehen, was Dir daran gefällt.

So genoss er die Überfahrt, während die anderen Passagiere mit bleichen Gesichtern im Inneren hockten und auf das Ende des Sturms warteten.

In dem Land, in dessen Hafen er von Bord ging, herrschte große Armut. Gleich bei der Ankunft waren ihm die mageren Gestalten aufgefallen, die, gebeugt unter der Last schwerer Säcke, die Handelsschiffe beluden. Da wurde Getreide ausgeführt, riesige Ballen edler Stoffe, Kisten voller Gewürze und Schiffsladungen seltener Hölzer. Auf den Straßen der Stadt, vor den Portalen der Tempel und Kirchen, hockten aber zerlumpte Frauen mit ihren Kindern und bettelten um ein Almosen.

Der Mann ging langsam durch die Stadt. Er schaute in elende Hinterhöfe und Flure, sah Obdachlose, die auf den Straßen schliefen und die von Krankheit und Hunger Gezeichneten, die sich in den Schatten einer Mauer oder eines von Alter und Staub zerfressenen Baums zurückgezogen hatten, um sich vom Tag oder vom Leben auszuruhen.

Merkwürdig, dachte der Mann: Ich sehe dieses Land, das Leid seiner Bewohner, die tausendfache Not – und meine Augen sind klarer und wacher denn je. Ich sehe den Greis, der auf der Schwelle des Hospitals zusammenbricht, nachdem man ihn abwies, ich sehe die Mutter, die ihr Kind nicht nähren kann, ich sehe auch den Reichtum, der aus dem Land geschleppt wird - und ich kann immer noch sehen. Berührt mich das alles nicht? Spüre ich kein Mitleid? Was bin ich für ein Mensch geworden, dass ich all dies wahrnehmen kann, ohne zu erblinden? Und, fragte er sich schließlich, war es wirklich das, was ich wollte, als ich durch die Welt zog, um selbst Hilfe zu finden?

Abends geriet er in einen Außenbezirk der Hafenstadt. Hier standen nur noch Hütten, die sich ihre Bewohner aus Abfällen, Lehm und verrotteten Blechen gebaut hatten. Die Abwässer flossen in flachen Gräben neben den Gassen. Über die Körper und Gesichter halbnackter Kinder krochen Fliegen, und räudige Hunde lagen einträchtig neben Ziegen, denen die Rippen durch das Fell stachen.

Als es dunkel wurde, bemerkte er ein kleines Feuer, um das einige Leute saßen. Ohne um Erlaubnis zu bitten, setzte er sich zu ihnen. Es blieb still. Erst als er ein Brot aus seiner Tasche zog, wurde er beachtet. So gut es ging, brach er es in einzelne Stücke, die er bis auf eins, das er für sich behielt, verteilte. Dann nahm er aus seiner Feldflasche einen Schluck und ließ die Flasche herumgehen. Erst danach fragte man ihn, wer er denn sei.

Wer ich bin? fragte der Mann dagegen. Ich werde Euch meine Geschichte erzählen. Wer ich war, woher ich komme, was aus mir wurde. Dann könnt ihr Euch selbst ein Urteil bilden. Ich habe die halbe Welt gesehen, Gutes und Böses, aber…

So begann der Mann, und es war spät in der Nacht, als er zum Ende seines Berichts kam. Seine Zuhörer waren hellwach, und während er erzählte, so schien es ihm, hatten einige Tränen in den Augen und andere lächelten.

Während sie leise miteinander zu schwatzen begannen, legte ihm sein Nachbar drei Bohnen in die Hand. Eine Frau reichte ihm eine Wurzel und ein Kind schenkte ihm eine Nuss. Als er aber Anstalten machte, sich neben dem Feuer auszustrecken, rieten ihm die Leute, sich einen sicheren Platz zu suchen, denn im Morgengrauen kämen die Agenten der Herrschenden, die nach entflohenen Sträflingen suchten.

Aber ich bin doch ein friedlicher Fremder, eben erst angekommen.

Wir glauben Dir, antworteten sie, aber kannst Du das beweisen – vor allem, wenn man Dich in unserer Gesellschaft trifft?

Müde stand der Mann auf, dankte und verschwand im Dunkel der Nacht.

Eigentlich hatte er weiterreisen wollen, doch er blieb länger im Land als er selbst gedacht hatte. So lange, bis der Herrscher von ihm hörte.

Wer ist das, fragte er seine Agenten, von dem die Leute reden? Angeblich erzählt er immer dieselbe Geschichte?

Und dazu behauptet er, sagte einer der Hauptleute, es sei seine eigene.

Ein Lügner und Schnorrer, meinte einer der Untergebenen.

Aber das sei nicht die Meinung des Volkes. Vielleicht ein Weiser, ein Geschichtenerzähler, heißt es, gab der Hauptmann zu bedenken.

Schafft ihn her! verlangte der Herrscher.

Seine Männer schwiegen.

Was ist, wollt ihr nicht?

Wir haben uns schon bemüht, ihn zu finden, sagte ihr Anführer, aber er scheint Freunde zu haben, die ihn warnen oder verstecken.

Dann setzt eine Belohnung aus! Irgendjemand wird sich das Geld schon verdienen wollen!

So wurde ein Kopfgeld ausgesetzt und ein Steckbrief gedruckt, der in allen Städten hängen sollte, und jeden Morgen fragte der Herrscher seine Leute, wie weit sie denn gekommen seien?

Und jeden Morgen blickten sie betreten zu Boden.

Einige Monate vergingen, der Mann war immer noch nicht gefasst worden, und der Herrscher am Ende seiner Geduld.

Die Spatzen pfeifen es von den Dächern, dass er nicht nur seine Geschichte erzählt. In jedem Dorf hinterlässt er ein Märchen. Und von seinen Augen wird Wunder was berichtet. Könnt ihr mir wenigstens sagen, was es damit auf sich hat?

Es heißt, sagte einer, er sieht nur das Gute.

Na und? fragte der Herrscher.

Das gibt dem Volk Hoffnung, hieß es weiter, antwortete ein anderer.

Verdoppelt die Belohnung! Lasst Spitzel ausschwärmen! Schafft mir den Aufwiegler her!

Die Männer schlugen die Hacken zusammen.

Ein Jahr ging ins Land, aber außer mit neuen Geschichten, kehrten die Spitzel mit leeren Händen zurück.

Was mag an ihm sein, fragte sich schließlich der Herrscher, dass niemand ihn verrät? Und was gäbe ich für einen solchen Freund, dachte er heimlich und erschrak über seine eigenen Gedanken, dass er über einen Aufwiegler wie über einen Freund dachte. Soweit ist es mit mir schon gekommen.

Zieht den Steckbrief und die Belohnung zurück, befahl er. Stattdessen ordnete er an, in Kirchen und Tempeln zu verbreiten, dass der Gesuchte freies Geleit erhielte, wenn er ihm einmal seine Geschichte selbst erzählen wollte.

Auch dieser Versuch blieb fruchtlos. Jahre später wurde dem Herrscher hinterbracht, dass der Mann, den er zu sprechen wünsche, schon lange gestorben sei.

Wieso habe ich nicht einmal von seinem Tod erfahren? fragte er seine Leute.

Sie schwiegen, bis sich endlich einer seiner Agenten ermannte:

Ganz verstehen wir es auch nicht. Für das Volk ist er nicht tot. Überall erzählt man seine Geschichten.

•